PRECISAMENTE
ASÍ
RUDYARD
KIPLING

PRECISAMENTE ASÍ

RUDYARD KIPLING

HISTORIAS PARA LOS NIÑOS Y PARA LOS QUE AMAN A LOS NIÑOS

Ilustraciones de ÁNGEL DOMÍNGUEZ

Traducción de MARIÀ MANENT

Adaptación de los poemas: JOHN STONE Y ROSA ROIG

EDITORIAL JUVENTUD
PROVENÇA, 101 - BARCELONA

Para Christiane
A. D.

Título original: JUST SO STORIES
Rudyard Kipling, 1902

Traducción: Marià Manent

Provença, 101 - 08029 Barcelona
E-mail: edjuventud@retemail.es
www.edjuventud.com
Primera edición en esta colección, 1998
Segunda edición en esta colección, 2000
ISBN: 84-261-3073-9
Depósito legal: B. 9.580-2000
Núm. de edición de E. J.: 9.795
Impreso en España - Printed in Spain
Carvigraf, c/. Cot, 31 - 08192 Ripollet (Barcelona)

Índice

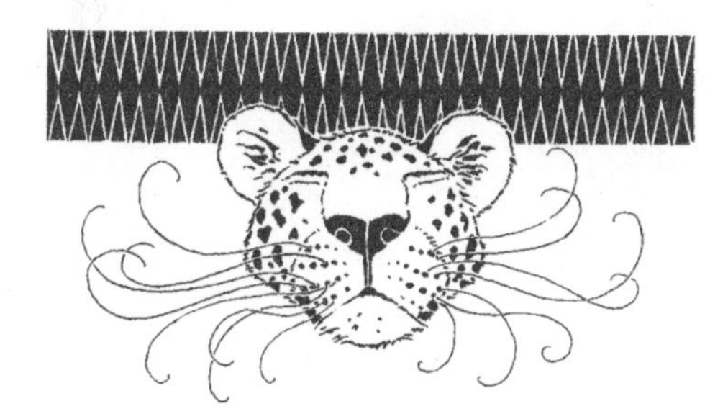

PRÓLOGO

PRECISAMENTE ASÍ es un libro que recuerdo con extraordinario afecto. El ejemplar que mis padres solían leernos cuando éramos niños, a mis hermanos y a mí, un ejemplar que todavía conservo, desgastado, sin tapas y con el lomo descoyuntado, lleva el subtítulo exacto de «Historias para los niños y para los que aman a los niños». Y, efectivamente, en estas *Just So Stories*, Kipling cuenta algunos de los más intrigantes porqués de tantas cosas que sorprenden a mayores y chicos: cómo le salieron las barbas a la ballena, cómo apareció la joroba del camello, por qué el leopardo tiene manchas en la piel, cuándo apareció por primera vez la trompa del elefante, o la bolsa del canguro, o el caparazón del armadillo, o la rugosa piel del rinoceronte... Pero también cómo se escribió la primera carta, cómo inventó el hombre el alfabeto, cuáles eran las trazas del gato que paseaba solo o la historia de ese inquietante monstruo, el cangrejo que jugó con el mar, una historia que se sitúa en el tiempo de los Verdaderos Comienzos, antes de los tiempos remotos...

La gracia de Kipling es que su texto apela a esa mezcla de anécdota exacta, descripción brillante y argumentación absurda, que hace las delicias de los niños y rebaja los humos de los sensatos conocimientos adultos. Las explicaciones del autor británico –que en las ediciones originales iban acompañadas de minuciosos dibujos y largas leyendas del autor– son una versión colorista y juvenil, decadente y no tan colonial como algunos querrían pensar, de esa fantasía que Borges convertirá en escueto y acerado hueso de la gran enciclopedia inexistente. O sea, apunta directamente al campo de la literatura, que es fantasía y vida. O, mejor todavía, amor a la fantasía y a la vida. Sin el osado marinero Henry Albert Bivvens, con sus pantalones de lonilla azul, sus tirantes (que el lector no debe olvidar *jamás*) y su navaja marinera, y sin la complicidad añadida del pececillo sagaz y astuto que aconseja a la ballena hambrienta e inocente que busque alimento en las costas de la pérfida Albión, nunca hubiera existido el cetáceo rey de los mares (lo de «cetáceo» era una palabra que uno debía localizar extraviada en alguno de los descomunales tomos de la Enciclopedia Espasa). A medio camino entre el Jonás bíblico, el capitán del gran Melville y el señor Gepetto de Collodi, Henry Albert Bivvens es el héroe imperturbable de infinitos recursos, que sabe poner puertas al campo, o barbas a la ballena, pero también bailar y cantar una difícil sloka «lo cual era un cantar al estilo irlandés, pues aquel Marinero era hibernés, o sea, hijo de Irlanda».

Siempre que he acariciado la idea de que debiera escribir una narración larga, de ambiente exótico y buques de espesa humareda como los que aparecen en las novelas de Joseph Conrad, he creído que el protagonista debería llamarse, en homenaje a Kipling, Henry Albert Bivvens. Y aunque no he escrito jamás ni esa ni ninguna otra narración, sigo pensando que los personajes de los cuentos de PRECISAMENTE ASÍ son presencias vivas para introducirnos en el mundo de la fantasía. El pececillo astuto que mora bajo las puertas del Ecuador puede ser una fantástica excusa para cualquier relato submarino, como el Parsi lo es para devolvernos por unos instantes la magia de las enciclopedias ilustradas de principios de siglo, cuando las distancias y la lentitud de las comunicaciones todavía ponían algo de misterio y de embeleso en la información que llegaba de países remotos. El gato que camina solo quizá sea uno de los últimos ejemplos de esa sociedad que permitía el saber y el aislamiento, y una maduración lenta de los niños en adolescentes que descubrían, turbados, la identidad y la conciencia del autoconocimiento. Y cuando el lector busca entre las múltiples alusiones a los mundos olvidados, perdidos o inexistentes que Kipling le va proponiendo, sombras de sus propios recuerdos y experiencias, de pronto descubre que el escritor le ha embarcado en su misma aventura fantástica: la de nuestros sueños de cada día. Muchas de las narraciones apelan, de hecho, a las fórmulas más clásicas y antiguas de la ficción: recursos que sirven para tender hacia el público los puentes que le permitan instalarse inmediatamente en el ámbito de lo que no es pero pudo ser, de lo otro, de ese amor siempre soñado.

El narrador que se dirige al lector llamándole «hijo mío» y que convierte el lenguaje en una herramienta misteriosa e imprescindible para entrar en un reino que no es el reino de este mundo, tiene la envidiable humildad y sabiduría irónica de un maestro oriental. Mi recuerdo infantil de Kipling está, además, indisolublemente ligado a las palabras traducidas: el mundo lejano de su geografía, de sus alusiones, es un mundo al que sólo se puede acceder mediante las claves de una traducción que nos brinda la llave mágica de aquellos universos soñados y, en realidad, construidos a la medida de una fantasía muy distinta a la nuestra. En algunas ocasiones la clave estribaba en combinaciones tan sencillas como el substantivo adjetivado: «puntiaguda loma», «boca almizclada», «corteza de abedul» o en ese «fardo de dátiles tiernos, destinados a los papagayos» que nos convence de que todo era posible bajo el reinado del prudentísimo soberano que fue Salomón, hijo de David.

PRECISAMENTE ASÍ se ha convertido en la historia de nuestros anhelos, pero también en la historia de nuestros sueños, de los sueños que fuimos y somos, de aquellos que tejen el tapiz que llamamos realidad. Al lector le bastará con pasar unas páginas para comprobarlo.

FRANCESC PARCERISAS

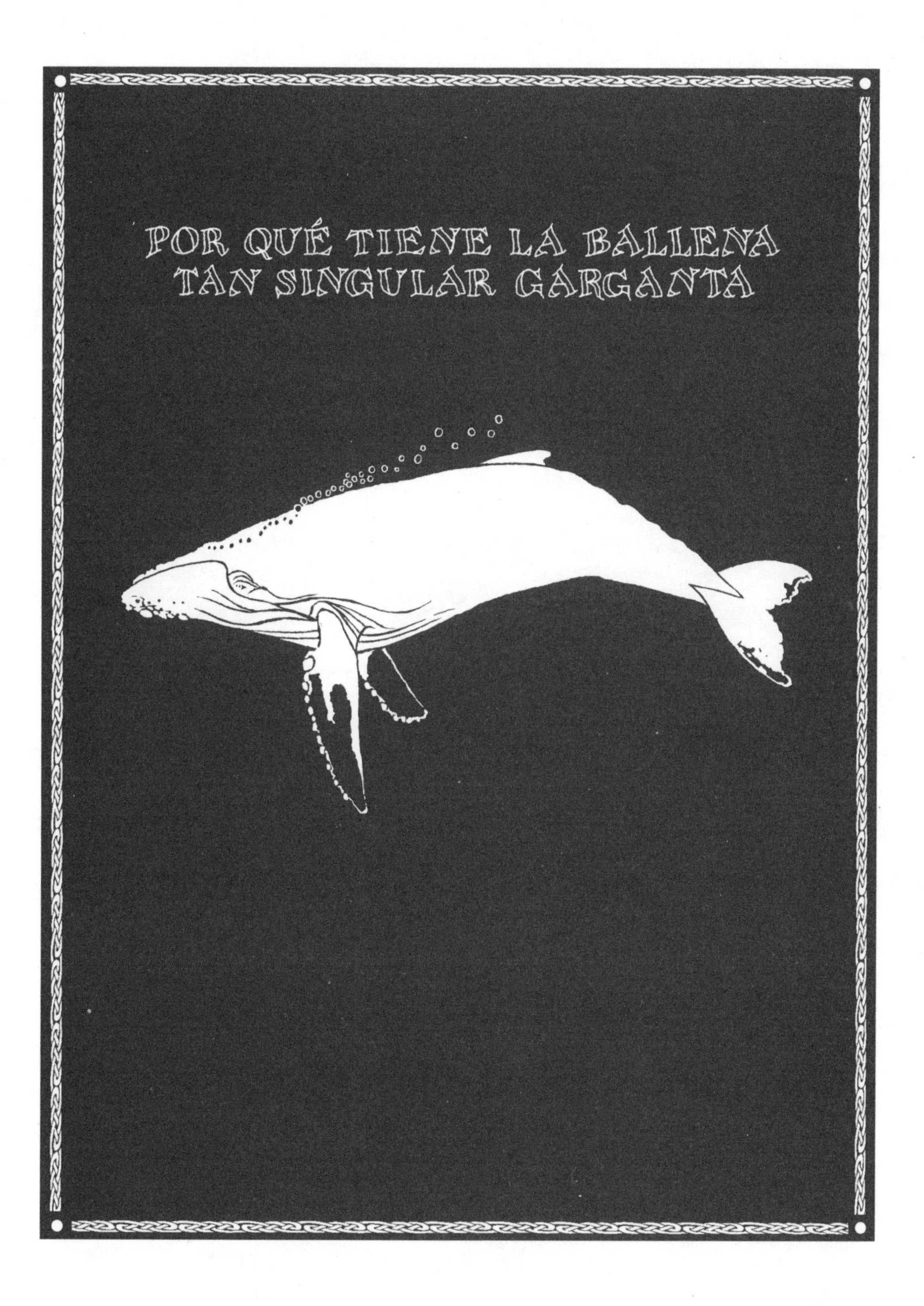
POR QUÉ TIENE LA BALLENA
TAN SINGULAR GARGANTA

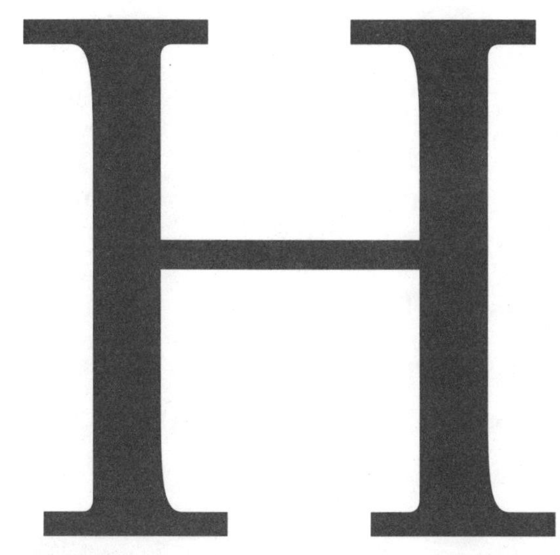

HACE YA MUCHO TIEMPO, hijo mío, hubo en el mar una Ballena que se alimentaba de peces. Comía estrellas de mar y belonas, cangrejos y barbadas, platijas y albures, la lisa y su consorte, el escombro y el lucio, sin olvidar la onduladísima anguila. A cuantos peces encontraba en el mar los devoraba con la boca abierta... ¡así! Hasta que, al fin, sólo quedó en los mares un pececillo solitario, el cual era un pececillo astuto de veras, y empezó a nadar detrás de la oreja derecha de la Ballena, de modo que no corría ningún riesgo. Entonces se irguió la Ballena sobre la cola y exclamó:

–¡Tengo hambre!

Y el pez menudo y astuto dijo, con una vocecita astuta de verdad:

–¡Oh noble y generoso cetáceo! ¿No has probado nunca el hombre?

–No –contestó la ballena–. ¿A qué sabe?

–Está muy rico –dijo el pececillo astuto–. Es muy sabroso, aunque algo duro.

–Siendo así, tráeme algunos –dijo la Ballena. Y dando un coletazo, levantó un penacho de espuma.

–Basta con uno cada vez –dijo el pez astuto–. Si vas nadando hasta la latitud 50° Norte y la longitud 40° Oeste (esto es cosa de magia), encontrarás a un Marinero náufrago, sentado en una balsa, en medio del mar. Sólo lleva unos pantalones de lona azul, unos tirantes (*no olvides* esto de los tirantes, hijo mío) y una navaja marinera. He de prevenirte que es hombre de infinitos recursos y de extraordinaria sagacidad.

Así pues, la Ballena se fue nadando, nadando, hasta alcanzar la latitud 50 grados Norte y la longitud 40 grados Oeste y, en efecto, sentado en una balsa, en medio del mar, llevando sólo unos pantalones de lona azul, unos tirantes (*acuérdate* especialmente de los tirantes, hijo mío) *y* una navaja marinera, vio a un Marinero náufrago que se refrescaba en el agua la punta del pie. (Había pedido permiso a su madre para mojarse los pies un poquito; de lo contrario no se hubiera atrevido a hacerlo, pues era en extremo avisado y sagaz.)

El Marinero náufrago se llamaba Henry Albert Bivvens, y aquí le vemos en la armadía, con sus pantalones de lona y sus tirantes.

Entonces la Ballena abrió la boca más y más y más, hasta que las mandíbulas le rozaron casi la cola, y se tragó al Marinero náufrago, con la armadía en que iba sentado y sus pantalones de lona azul, sus tirantes (que *no debes* olvidar) *y* su navaja marinera. Se lo tragó todo y lo guardó en la alacena de su estómago, cálido y sombrío, y luego se relamió los labios... así, y dio tres alegres volteretas.

Pero apenas el Marinero, que era hombre de infinitos recursos y de extraordinaria sagacidad, se encontró de veras en la caliente y negra barriga de la Ballena, empezó a

brincar y a arrastrarse, a aporrear y dar topetazos, y a hacer cabriolas y a bailotear, y se arrojaba con estrépito contra las paredes de su prisión, y pegaba y mordía, y saltaba y andaba a gatas, y daba vueltas y aullaba, y andaba a la pata coja y se dejaba caer, y chillaba y suspiraba, y serpenteaba y daba voces, y volvía a andar y a dar brincos, y bailaba danzas marineras donde no debiera, hasta que la Ballena se sintió mal de verdad. (¿No habrás olvidado los tirantes?)

Dijo, pues, al pez astuto:

–Este Hombre resulta muy indigesto y me da hipo. ¿Qué puedo hacer?

–Dile que salga –contestó el astuto pececillo.

Así pues, la Ballena, dirigiendo su vozarrón hacia dentro, gritó al Marinero náufrago:

–¡Eh! Sal y repórtate. Tengo un hipo tremendo.

–¡Ca! ¡De ningún modo! –contestó el Marinero–. Lo que quiero es muy distinto. Llévame a mi playa nativa, junto a los blancos acantilados de Albión, y allí decidiré.

Y empezó de nuevo su bailoteo, con más furor que nunca.

–Es preferible que lo lleves a su aldea –dijo a la Ballena el pez astuto–. Creo haberte advertido que es hombre de infinitos recursos y de extraordinaria sagacidad.

La Ballena empezó, pues, a nadar y nadar y nadar, agi-

... Y LOS BLANCOS ACANTILADOS DE ALBIÓN...

(Por qué tiene la Ballena tan singular garganta)

tando aletas y cola, con toda la velocidad que le permitía su tremendo hipo, y al fin vio la playa nativa del Marinero y los blancos acantilados de Albión. Se arrojó en medio de los arenales y abrió mucho la boca, diciendo:

–¡Transbordo para Winchester, Ashuelot, Nashua, Keene y las estaciones de la línea de *Fitch*burgo!

Y en el instante en que acababa de pronunciar la sílaba *Fitch,* el Marinero salió de la boca de la ballena.

Pero, mientras la ballena estuvo nadando, el Marinero, que era de veras hombre de infinitos recursos y de extraordinaria sagacidad, con su cuchillo náutico había cortado la armadía, convirtiéndola en una reja cuadrada, y luego la ató sólidamente con sus tirantes (¡*ahora* ya sabes por qué no habías de olvidarlos!) y arrastró el enrejado y lo empotró firme en la garganta de la Ballena. Después recitó la siguiente *sloka,* que seguramente no conoces:

Por medio del enrejado
tu comida he limitado.

Lo cual era un cantar al estilo irlandés, pues aquel Marinero era hibernés, o sea, hijo de Irlanda.

Y saltó a la playa de guijarros, y se dirigió a casa de su madre, que le había dado su venia para refrescarse los pies en el mar; y se casó y vivió muy dichoso.

También se casó y fue muy feliz la Ballena. Pero, desde aquel día, la reja de su garganta, que no podía tragarse ni expulsar, sólo le permitió comer peces muy chiquitos; y por eso hoy día las ballenas no pueden devorar hombres, muchachos ni niñas.

El pez menudo y astuto corrió a ocultarse en el limo, bajo los mismos umbrales del Ecuador, pues temía el enojo de la Ballena.

El Marinero se llevó a su hogar la navaja. Al salir de la boca de la Ballena, en la playa de guijarros, llevaba puestos todavía los pantalones de lona azul, pero, como recordarás, dejó allá dentro los tirantes, con los que había sujetado la reja.

Y, como rosa en el viento, se acabó ya este cuento.

Cuando por los ojos de buey sólo ves
el verde sombrío de las olas;
cuando el barco escora, y todos os caéis,
y el cocinero se zambulle en una cacerola,
y los baúles van de babor a estribor;
cuando la niñera está en un rincón, hecha un ovillo,
y mamá te dice que le dejes echar un sueñecillo,
y nadie te ha despertado, ni lavado, ni peinado;
entonces estás, por si no lo has adivinado,
50° al Norte y 40° al Oeste,
y colorín, colorado, este cuento se ha acabado.

DE CÓMO LE SALIÓ
AL DROMEDARIO
LA JOROBA

STE ES EL SEGUNDO CUENTO, y en él se refiere cómo llegó a tener el Dromedario su respetable giba. Allá en los tiempos más remotos, cuando todo lo que contenía el mundo era nuevecito aún, y los animales empezaban a prestar servicio al Hombre, vivía un Dromedario en medio del Desierto, donde lanza el viento sus lúgubres aullidos; y también el Dromedario solía aullar de cuando en cuando. Comía ramitas y espinas, tamariscos, vencetósigos y abrojos, pues era un redomado holgazán. Y cuando alguien le dirigía la palabra, se limitaba a decir: «¡Joroba!». Y en este «¡Joroba!» se quedaba.

He aquí que cierto lunes por la mañana salió a su encuentro el Caballo, con la silla en el lomo y el freno en la boca, y le dijo:

–Dromedario, buen Dromedario: anda y sal a trotar como todos nosotros.

–¡Joroba! –contestó el Dromedario.

Y el Caballo fue a contárselo al Hombre.

Luego llegó el Perro, con una rama en la boca, y le dijo:

–Dromedario, buen Dromedario: anda y lleva lo que te digan, como todos nosotros.

–¡Joroba! –contestó el Dromedario.

Y el Perro fue a contárselo al Hombre.

Más tarde se acercó a él el Buey, con el yugo en el cuello, y le dijo:

–Dromedario, buen Dromedario: anda y ara como todos nosotros.

–¡Joroba! –dijo el Dromedario.

Y el Buey fue a contárselo al Hombre.

Al atardecer, el Hombre llamó al Caballo, al Perro y al Buey, y les dijo:

–Sois buenos los tres y me da pena veros tan atareados con el trajín que nos da este mundo tan nuevecito; pero aquel animalucho del Desierto que sólo sabe decir «¡Joroba!» no puede trabajar; de lo contrario, estaría aquí a estas horas, prestándome servicio. Lo dejaré en paz, y vosotros trabajaréis el doble para suplir su faena.

Los tres se enojaron mucho; pues, con la novedad del mundo, el trabajo era de veras pesado, y celebraron una reunión o asamblea, una *indaba* y un *punchayet* y un conciliábulo indio en los linderos del Desierto. Y se acercó a ellos el Dromedario mascando vencetósigo, más holgazán que nunca, y se echó a reír ante sus propias barbas. Luego dijo: «¡Joroba!», y se marchó tranquilamente.

Y he aquí que se presentó entonces el Genio que tenía a su cargo todos los Desiertos, cabalgando en una nube de arena (los Genios suelen viajar así, por ser éste un procedimiento mágico), y se detuvo a conferenciar y parlamentar con los tres.

–Genio de los Desiertos –dijo el caballo–, ¿te parece justo que haya alguien entregado a la indolencia, con el trajín que nos da el mundo recién creado?

–¡Claro que no! –contestó el Genio.

–Pues bien –prosiguió el Caballo–, en medio del Desierto, donde el viento aúlla, hay un animalucho con las patas y el cuello muy largos, que también aúlla de un modo rarísimo, y desde el lunes por la mañana no ha querido encargarse de la menor faena. No hay quien le haga trotar.

–¡Jujuy! –dijo el Genio, con un silbido–. ¡Apostaría todo el oro de Arabia a que se trata del Dromedario! ¿Qué suele decir?

–Pues dice: «¡Joroba!» –contestó el Perro–, y se niega a trajinar.

–¿Dice algo más?

–No; sólo dice «¡Joroba!», y no hay quien le unza al arado –añadió el Buey.

–Bueno –dijo el Genio–. Aguardad un momento y veréis cómo le jorobo.

El Genio se arrebujó en su capa de arena, se orientó a través del Desierto y, al fin, dio con el Dromedario, el cual, redomado holgazán como siempre, contemplaba su propia imagen, reflejada en una charca.

–Amigo patilargo y fullero –le dijo el Genio–, ¿es verdad lo que me cuentan de que no quieres trabajar, a pesar de que el mundo nuevecito nos da a todos tanto quehacer?

–¡Joroba! –masculló el Dromedario por toda respuesta.

El Genio se sentó en la arena, apoyado el mentón en la mano, y empezó a imaginar un Gran Encantamiento, mientras el Dromedario seguía contemplando su silueta en la charca.

–Por culpa tuya, tus tres compañeros han tenido que trabajar el doble desde el lunes por la mañana –dijo el Genio.

Y siguió imaginando encantamientos, apoyado el mentón en la mano.

–¡Joroba! –comentó el Dromedario.

–Si estuviera yo en tu lugar no repetiría esa palabreja –le advirtió el Genio–; la sueltas con frecuencia excesiva. Bueno, don Tramposo: hay que trabajar.

Y el Dromedario dijo de nuevo «¡Joroba!», pero, apenas hubo soltado su exclamación habitual, vio que su lomo, del cual se sentía tan orgulloso, iba creciendo, creciendo, hasta formar una grotesca y enorme giba.

–¿Ves? –dijo el Genio–. Esa joroba te la has ganado por no querer trabajar. Hoy es jueves, y no has hecho la menor faena desde el lunes. Pero hoy vas a empezar, mal que te pese.

–¿Y cómo voy a trabajar –dijo el Dromedario–, con esta corcova en el lomo?

–Pues te ha salido precisamente para eso, a causa de los tres días que has pasado haciendo el remolón –dijo el Genio–. Desde hoy podrás trabajar tres días seguidos sin comer, porque la joroba te dará alimento; y cuidado con decir que no te he prestado ningún servicio. Anda, sal del Desierto y ve al encuentro de tus tres compañeros. ¡Arriba ese cuello!

Y el Dromedario levantó la cabeza y se puso en marcha, arrastrando su corcova, en busca de sus tres camaradas. Y desde aquel día no ha dejado el Dromedario su joroba (a la cual, sin embargo, sólo aludimos con palabras suaves, para no herir su susceptibilidad); pero no ha logrado aún recuperar los tres días que perdiera al principio del mundo, ni aprender a comportarse como es debido.

La giba del Dromedario es bien fea,
eso lo sabe cualquier animal,
pero la giba del que holgazanea
ésa es, sin duda, una giba bestial.

A los mayores, niños, niñas,
que sólo saben hacer el gandul,
les sale una giba,
una horrible giba,
una giba negra y azul.

Nos levantamos broncos y legañosos,
nos hacemos los remolones,
vamos al cuarto de baño, temblorosos,
despeinados y protestones.

Por eso, hay un rincón para mí
(y me consta que hay otro para ti)
para cuando, por gandul
me salga esa giba,
la giba negra y azul.

La cura de este mal es muy sencilla:
levántate del sillón,
sal al jardín, y ponte
a cavar con el azadón.

Y entonces verás cómo el sol y el viento,
y el Genio del jardín,
te quitan esa giba,
esa giba de gandul,
la giba negra y azul.

Nadie se salva, ni siquiera yo
cuando me hago el remolón.
A todos nos sale esa giba,
esa horrible giba:
mayores, pequeños, sin excepción.

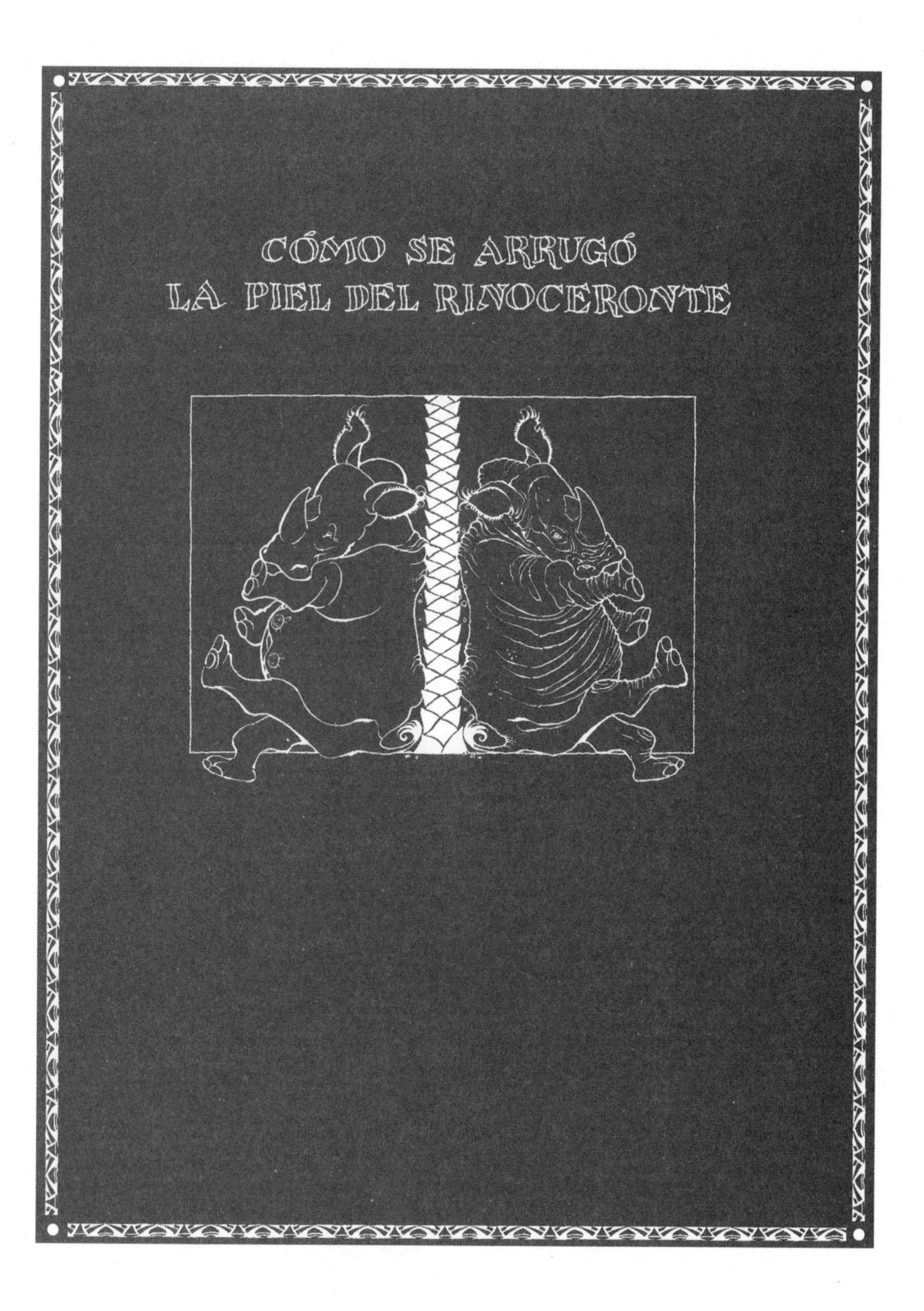
CÓMO SE ARRUGÓ
LA PIEL DEL RINOCERONTE

... MENEANDO LA COLA, HACIA LAS SELVAS VÍRGENES...
(Cómo se arrugó la piel del Rinoceronte)

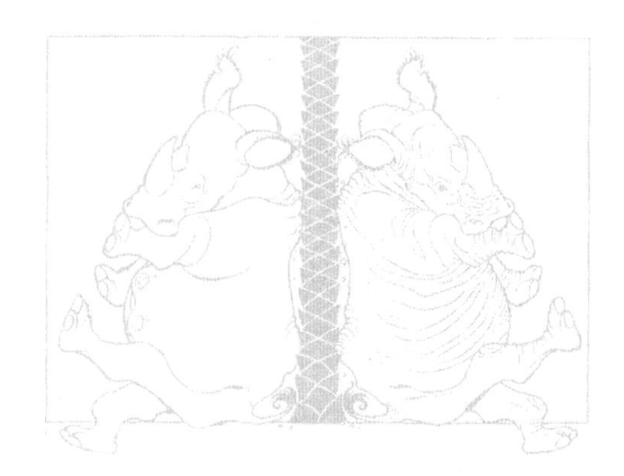

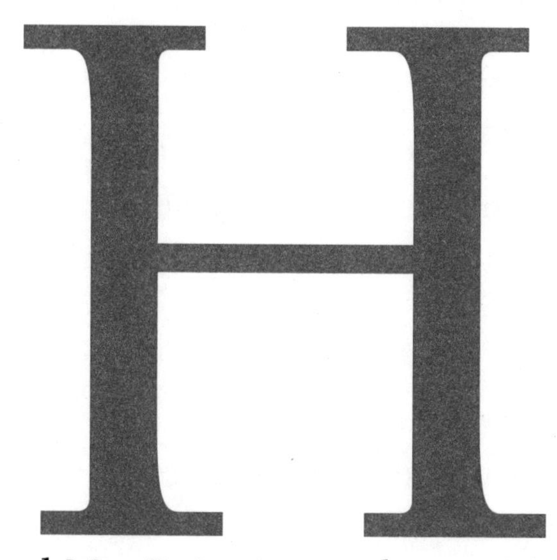

ACE YA MUCHO TIEMPO vivía un Parsi en una isla desierta, junto a las costas del Mar Rojo, y el sol relumbraba en su gorro con tan vivos reflejos que hubieran hecho palidecer a la más lucida pompa oriental. Y aquel Parsi vivía junto al Mar Rojo sin más bienes que su gorro, su navaja y su hornillo, de esos que por nada del mundo deben tocar los niños.

Cierto día tomó harina, agua, grosellas, ciruelas, azúcar y otras cosas, e hizo con todo ello una torta que tenía más de medio metro de diámetro y casi un metro de grosor. Era, de verdad, un Comestible Superior (como dicen los magos), y la puso sobre el hornillo, en el que le estaba permitido cocer sus alimentos, y empezó a darle vueltas hasta que se puso dorada y olía a gloria. Pero cuando se disponía ya a comerla, llegó a la playa, procedente del interior deshabitado, un Rinoceronte, con un cuerno en mitad del morro, unos ojuelos porcunos y muy escasos modales. En aquel tiempo la piel del Rinoceronte le venía muy justa y no se notaba en ella ninguna arruga. Era exactamente igual al Rinoceronte de juguete que suele haber en el Arca de Noé, aunque por supuesto, mucho más voluminoso. Pero, sea como fuere, no tenía entonces buenas maneras, como no las tiene hoy ni logrará adquirirlas nunca.

Dijo simplemente:

–¡Uuuuu!

Y el Parsi soltó en seguida la torta y se subió a lo alto de una palmera, sin llevarse más que el gorro, en el que el sol seguía relumbrando de tal modo que hubiera hecho palidecer a la más lucida pompa oriental.

El Rinoceronte derribó con el hocico el hornillo de aceite: la torta quedó por la arena y él la levantó con el cuerno y la devoró en un periquete, tras de lo cual se marchó tranquilamente, meneando la cola, hacia las selvas vírgenes y desiertas del interior, que confinan con las

islas de Mazanderán, Socotora y los Montes del Equinoccio.

El Parsi bajó entonces de la palmera, colocó el hornillo en su posición normal y recitó la siguiente sloka, que reproduzco porque seguramente no la habrás oído:

Quien se lleva la torta
que al Parsi reconforta
tiene visión muy corta.

Y había en estos versos mucha más intención de lo que parece a primera vista.

Pues he aquí que, al cabo de cinco semanas, se produjo en el Mar Rojo una ola de calor, y todos se aligeraban de ropa cuanto les era posible. El Parsi se quitó el gorro y el Rinoceronte se quitó la piel, y la llevaba echada sobre el lomo al bajar a la playa para bañarse. En aquellos tiempos la piel del Rinoceronte se abrochaba con tres botones por debajo, y parecía un chubasquero.

Nada dijo acerca de la torta del Parsi, porque la había devorado enterita, y además era un animalucho sin modales, como no los tiene ni los tendrá nunca. Se metió en el agua y empezó a echar burbujas por la nariz, dejándose la piel en la playa.

Entonces llegó el Parsi y encontró la piel, y por dos veces una amplia sonrisa iluminó su semblante. Luego dio tres vueltas de danza en torno a la piel del Rinoceronte, frotándose las manos con evidente fruición, y se dirigió a su tienda, donde se llenó el gorro con migajas y mendrugos de torta, pues hay que tener en cuenta que aquel Parsi sólo se alimentaba de tortas y no solía asear su morada.

Cogió la piel y, agitándola y restregándola mucho, llenó su interior con todos los mendrugos de torta, viejos, secos y punzantes, que era capaz de contener, y tampoco se olvidó de meter en ella algunas grosellas chamuscadas. Después se subió a la copa de la palmera y esperó a que el Rinoceronte saliera del agua y se pusiera la piel.

Así lo hizo el Rinoceronte. Abrochó los tres botones, y en seguida notó que le hacía unas desagradables cosquillas, como las migas cuando uno está en cama. Quiso rascarse, pero con ello la cosa empeoró, y se echó entonces sobre la arena, y empezó a revolcarse más y más, y cada vez que daba un tumbo, las migajas de torta le punzaban más desagradablemente. Luego se acercó al tronco de la palmera y se restregó en él varias veces; tanto lo repitió, que al fin se hizo una tremenda arruga en la espalda, y otra debajo del cuello, que era donde tenía los botones (los cuales arrancó de tanto restregar), y también le quedó la piel arrugada en las patas. Perdió con ello la paciencia, pero su enojo en nada mitigaba la molestia que le producían las migas y mendrugos. Los tenía en el interior de la piel, y allí punzaban de lo lindo. Se marchó, pues, a su guarida, airado de veras y muy cubierto de rasguños; y desde aquel día todos los rinocerontes tienen grandes arrugas en la piel y un humor de mil demonios, lo cual es debido a las migajas de torta.

Pero el Parsi bajó de la palmera con el gorro puesto, en el que el sol relumbraba de tal modo que hubiera hecho palidecer a la más lucida pompa oriental, y, tras

empaquetar cuidadosamente su hornillo, se dirigió hacia Orotavo, pasó luego por Amygdala y prosiguió su viaje hasta alcanzar las altas praderas de Antananarivo y las marismas de Sonaput.

En esa isla desierta
frente al cabo Gardafui
y las playas de Socotra,
en un mar carmesí
cerca del canal de Suez,
hace demasiado calor
para que (si no te importa)
tú y yo
en un P. y O.[1]
visitemos al Parsi de la torta.

1. *The Peninsular and Oriental Navigation Company,* una línea naviera que en la época de la presencia inglesa de la India realizaba viajes entre el Reino Unido y el subcontinente.

CÓMO LOGRÓ EL LEOPARDO
LAS MANCHAS DE SU PIEL

N LOS LEJANOS DÍAS en que empezaban todos a vivir, el Leopardo, hijo mío, tenía por morada un lugar llamado Alto Desierto. Acuérdate de que no era el Bajo Desierto, ni el Desierto de los Arbustos, ni el Desierto Fragoso, sino el Alto Desierto, enteramente yermo, cálido y reluciente, donde sólo había arena y unas rocas de color idéntico al de los arenales, y unas matas de hierba amarillentas y grises como la misma arena. Allí vivían la Jirafa y la Cebra, el Eland, el Cudú y el Búbalo, todos ellos de un color arenoso, pardusco y amarillento; pero el Leopardo era el más pardusco y amarillento de todos aquellos animales, y el que tenía la piel más parecida al matiz de la arena. Era una especie de enorme gato, grisáceo y amarillo: su color imitaba de modo asombroso la mezcla amarillenta, parda y gris del Alto Desierto.

Esto resultaba muy perjudicial para la Jirafa, la Cebra y los demás cuadrúpedos, pues el Leopardo solía echarse junto a una piedra o matojo de aquel matiz entre amarillento, grisáceo y pardo, y al pasar por allí la Jirafa, la Cebra, el Eland, el Cudú, el Antílope de Matorral o el Antílope Damalisco, con gran sorpresa suya les arrebataba su vida saltarina. ¡Y con qué gusto lo hacía!

Vivía también con el Leopardo, en el Alto Desierto, un Etíope que llevaba siempre arco y flechas (en aquel tiempo, el color de aquel hombre era entre grisáceo, pardo y amarillento), y ambos cazaban juntos: el Etíope con su arco y sus flechas, y el Leopardo sólo con sus dientes y garras, hasta que al fin, hijo mío, la Jirafa, el Eland, el Cudú y el Cuaga no sabían por dónde brincar. De veras que no lo sabían.

Pasado largo tiempo (pues las cosas, en aquellos días, duraban mucho) aprendieron, poco a poco, a evitar todo lo que tuviera el aspecto de un Leopardo o un Etíope; y gradualmente se fueron alejando del Alto Desierto, pre-

cedidos por la Jirafa, que fue la que empezó, por ser la que tenía las patas más largas. Corrieron, días y más días, hasta llegar a una gran selva virgen, donde no había más que árboles y maleza y unas sombras estriadas, jaspeadas e irregulares. Allí se escondieron. Y después de pasar otro largo período metidos entre la umbría y la luz, con tanto resbalar por sus cuerpos la escurridiza sombra de los árboles, a la Jirafa le salieron unas manchas y a la Cebra unas listas y el Eland y el Cudú se volvieron de un matiz más oscuro, con unas breves estrías grises y ondulosas en el lomo, que parecía la corteza de un árbol. Así pues, aunque podía oírseles y descubrirse su proximidad por el olfato, rara vez se los veía, y ello ocurría tan sólo cuando se sabía a ciencia cierta el lugar donde se ocultaban.

Lo pasaban, pues, muy bien entre las sombras listadas o redondas del bosque, y entre tanto el Leopardo y el Etíope recorrían los grisáceos, amarillentos y rojizos linderos del Alto Desierto, preguntándose por dónde andarían sus desayunos, almuerzos y meriendas.

Al fin, tanto atormentó al Leopardo y al Etíope el aguijón del hambre, que acabaron por comer ratones, escarabajos y conejos de roca, y a ambos les dolía tremendamente la muela del juicio; y decidieron ir al encuentro del Babuino con cabeza de perro, que tiene la costumbre de ladrar como un can y es, sin disputa, el animal más avisado de toda el África del Sur.

Era un día muy caluroso cuando dijo el Leopardo al Babuino:

–¿Sabes dónde se ha marchado la caza?

Y el Babuino le hizo un guiño, pues lo sabía.

–¿Puedes decirme –insistió entonces el Etíope– cuál es la región donde vive actualmente la fauna aborigen?

La pregunta equivalía a la del Leopardo, pero el Etíope solía usar palabras complicadas, por ser persona mayor.

Y el Babuino volvió a guiñar el ojo, pues lo sabía.

–La caza se ha mudado –dijo, al fin, el mono–; y te aconsejo, Leopardo, que te mudes igualmente lo antes posible.

–Todo eso está muy bien –dijo el Etíope–, pero quisiera saber adónde ha emigrado la fauna aborigen.

Y le contestó el Babuino:

–La fauna aborigen se ha unido a la flora aborigen, pues era ya tiempo de que se mudara; y te aconsejo, Etíope, que te mudes tú también lo antes posible.

Esto dejó al Leopardo y al Etíope muy confusos, pero partieron en seguida en busca de la flora aborigen. Al cabo de muchos días vieron una gran selva de densos y talludos árboles, con infinidad de estrías, manchas, puntos, líneas y enrejados de sombra. (Repite la frase con rapidez, en voz alta, y verás cuán umbrosa debió de ser aquella selva.)

–¿Qué será esto –dijo el Leopardo– tan oscuro, pero tan lleno de retazos de luz?

–No lo sé –contestó el Etíope–, pero debe de ser la flora aborigen. Huelo y oigo a la Jirafa, pero no puedo verla.

–Es curioso –comentó el Leopardo–. Será porque llegamos de un sitio donde daba de lleno el sol. Huelo y oigo a la Cebra, pero no puedo verla.

... TE ACONSEJO, LEOPARDO, QUE TE MUDES
IGUALMENTE LO ANTES POSIBLE...
(*Cómo logró el Leopardo las manchas de su piel*)

ANGEL
DOMINGUEZ
1998

–Aguarda un poco –dijo el Etíope–. Llevamos ya mucho tiempo sin cazarlas. Tal vez se nos ha olvidado su figura.

–¡Monsergas! –repuso el Leopardo–. Las recuerdo perfectamente tal y como andaban por el Alto Desierto, especialmente su espinazo. La Jirafa tiene una talla de unos seis metros y, de la cabeza a las pezuñas, es únicamente leonada, dorada y amarillenta. La Cebra tendrá un metro y medio de altura, y su piel, desde la cabeza a las pezuñas, es entre gris y de color de cervato. Llevo su estampa grabada en la memoria.

–¡Hum! –dijo el Etíope clavando los ojos en las jaspeadas sombras de la selva aborigen–. En este lugar tan sombrío se destacarían como bananas en una casa llena de humo.

Pero no era así. El Leopardo y el Etíope se pasaron el día entero de caza; y aunque percibían su olor y las oían perfectamente, no lograron ver ni a una sola Jirafa ni a una sola Cebra.

–¡No hay quien lo entienda! –exclamó el Leopardo cuando era ya hora de merendar–. Pero esperemos a que anochezca. El cazar aquí en pleno día es un verdadero fracaso.

Esperaron, pues, a que cerrara la noche, y entonces el Leopardo oyó a un ser husmeando a la luz de las estrellas, que se filtraba por el ramaje en infinitas estrías, y, dando un brinco, se arrojó sobre él. Olía a Cebra y, al tacto, su piel era como la de la Cebra, y en cuanto lo hubo derribado empezó a soltar coces como la Cebra, pero de ningún modo logró verlo. Le dijo, pues:

–Estáte quieto, ¡oh ser sin forma! Me quedaré sentado sobre tu cabeza hasta que claree el día, pues hay algo en ti que no logro entender.

Al poco rato oyó un gruñido, un crujir de ramas y una lucha sorda, y le gritó el Etíope:

–¡He cogido una cosa que no logro ver de ningún modo! Huele a Jirafa y cocea como la Jirafa, pero no tiene forma alguna.

–No te fíes –le dijo el Leopardo–. Siéntate sobre su cabeza hasta que amanezca... lo mismo que yo. No tiene forma. Ninguno la tiene.

Se sentaron, pues, sobre aquellos seres hasta que brilló la luz del día, y entonces dijo el Leopardo:

–¿Qué tienes en la cabecera de tu mesa, hermanito?

El Etíope se rascó la cabeza y contestó:

–Debiera ser únicamente leonada y anaranjada, de la cabeza a las pezuñas, y debiera ser una Jirafa, pero tiene todo el cuerpo cubierto de unas manchas de color castaño. Y tú, hermanito, ¿qué tienes en la cabecera de tu mesa?

A su vez, el Leopardo se rascó la cabeza y dijo:

–Debiera ser únicamente de un gris pálido y de color de cervato, y debiera ser una Cebra; pero tiene todo el cuerpo cubierto de listas negras y purpúreas. Dime, Cebra: ¿con qué demonios te has pintarrajeado? ¿Ignoras que cuando andabas por el Alto Desierto te veía a diez millas de distancia? De veras no tienes ya forma alguna.

–Sí –dijo la Cebra–, pero esto no es el Alto Desierto. ¿Logras ya ver las cosas?

–Ahora sí –contestó el Leopardo–, pero ayer nada veía. ¿Por qué ocurre así?

–Soltadnos –dijo la Cebra–, y os lo mostraremos.

Dejaron que la Jirafa y la Cebra se levantaran. Y he aquí que la Cebra se alejó hasta unos matojos de espinos donde había largas estrías de sombra y de luz, y la Jirafa se llegó hasta un grupo de talludos árboles, donde las sombras formaban grandes manchones.

–Mirad bien ahora –dijeron la Cebra y la Jirafa–. Así es como ocurre. ¡Uno... dos... tres! ¿Dónde está el desayuno?

Miró fijamente el Leopardo y miró fijamente el Etíope, pero nada vieron sino listas y manchas de sombra en el bosque: la Cebra y la Jirafa parecían haberse evaporado. Se habían limitado a alejarse un poco más, ocultándose en la sombría selva.

–¡Jujuy! –exclamó el Etíope–. He aquí una jugarreta que vale la pena. Aprende la lección, Leopardo. En este sitio tan oscuro te destacas como una barra de jabón en la carbonera.

–¡Jojó! –dijo el Leopardo–. ¿Te sorprenderías mucho si te dijese que resultas tan visible en esa sombra como una cataplasma de mostaza en un saco de carbón?

–Bien, bien –dijo el Etíope–; soltar insultos no trae cena. A fin de cuentas, lo que nos ocurre es que no logramos confundirnos con lo que nos rodea. Seguiré el consejo del Babuino. Me dijo que debía mudar; y como ya no me queda nada por mudar, como no sea la piel, he decidido cambiarla.

–¿Y cómo será? –preguntó el Leopardo, intrigadísimo.

–Pues de un color muy sufrido, entre negruzco y pardo, con un poquitín de púrpura y unas gotas de azul pizarra. Será lo más adecuado para esconderse en los hoyos y detrás de los árboles.

Mudó, pues, la piel poco a poco, y el Leopardo estaba más intrigado que nunca, ya que jamás había visto a un hombre cambiar la piel.

–¿Y qué ocurre conmigo? –preguntó cuando el Etíope tuvo en todo el cuerpo, hasta la punta del dedo meñique, su espléndida piel nuevecita y negra.

–Sigue también el consejo del Babuino. Te dijo que te mudaras.

–Así lo hice –dijo el Leopardo–. Cambié de sitio lo

más aprisa que pude. Aquí me vine contigo, y, la verdad, no he sacado de ello gran provecho.

–¡Oh! –exclamó el Etíope–. El Babuino no se refirió tan sólo a un cambio de lugar: aludió también a tu piel, sin duda alguna.

–¿Y de qué ha de servirme alterar mi piel? –preguntó el Leopardo.

–Piensa en la Jirafa –insistió el Etíope–. O bien, si prefieres las listas, piensa en la Cebra. Ambas parecen muy satisfechas de sus manchas y de sus estrías.

–¡Hum! –dijo el Leopardo–. No quisiera parecerme a la Cebra; no, por nada del mundo.

–Bueno, has de decidirte –dijo el Etíope–. Sentiría mucho tener que salir de caza sin ti, pero me veré obligado a ello si insistes en destacarte como un girasol en una cerca alquitranada.

–Me decido por las manchas, pues –asintió el Leopardo–. Pero no me las hagas muy grandes ni vulgares. No quisiera parecerme a la Jirafa; no, por nada del mundo.

–Las haré con las yemas de los dedos –dijo el Etíope–. En la piel me queda todavía mucho negro con que tiznarte. Ponte en pie.

El Etíope juntó entonces los cinco dedos (su nueva piel rezumaba aún negra tintura) y fue imprimiendo su huella por todo el cuerpo del Leopardo: cada vez quedaban cinco motitas negras, muy juntas. Aún se ven, hijo mío, en la piel de cualquier leopardo que quieras examinar. Algunas veces los dedos le resbalaban y las manchas quedaban algo borrosas; pero si miras hoy con atención a un Leopardo, verás siempre las cinco motitas: la huella que dejaron cinco dedos negros y gordezuelos.

–¡Estás precioso! –exclamó el Etíope–. Puedes echarte en el suelo yermo y parecerás un montón de guijarros. Si te tumbas sobre una roca desnuda, parecerás una de esas peñas que llaman «conglomerado». Podrás estarte quieto sobre una rama y van a tomarte por la luz del sol filtrándose entre las hojas; y aunque te eches en medio de un camino, no llamarás la atención. Piensa en ello y dedícame un buen ronroneo.

–Pues si tantas cosas buenas puedo ser –preguntó el Leopardo–, ¿por qué no te has pintado igualmente unas manchas?

–¡Ah! Nada hay como el color negro para un negrito –contestó el Etíope–. Y ahora vamos a ver si podemos echar el guante a don Uno-dos-tres. ¿Dónde-está-el-desayuno?

Se marcharon, pues, y desde entonces, hijo mío, vivieron siempre muy felices. Y como rosa en el viento, aquí termina el cuento.

¡Oh! De cuando en cuando oirás decir a la gente mayor: «¿Puede el Etíope mudar la piel o el Leopardo al-

terar sus manchas?» Y no creo que la gente mayor insistiera en decir esa bobada si el Leopardo y el Etíope no hubiesen ya realizado tal mudanza en una ocasión, ¿no te parece? Pero no volverán a repetirlo ya, hijo mío. Ambos están muy contentos de su traza.

Soy un Babuino muy sabio, escucha mi sabia voz:
vamos a correr mundo, solos los dos, tú y yo.
Llegan visitas... ¡no importa!, de eso se encarga mamá,
si tú me llevas contigo nadie se enfadará.

Vamos a la cochiquera, saltemos la cerca del prado,
charlemos con las vacas, verás cómo mueven el rabo.
A cualquier parte, papá, por favor, vámonos ya:
somos grandes exploradores hasta la hora de merendar.
Aquí tienes tus botas y la gorra y el bastón,
y la pipa y el tabaco. ¡Aprovechemos la ocasión!

EL HIJO DEL ELEFANTE

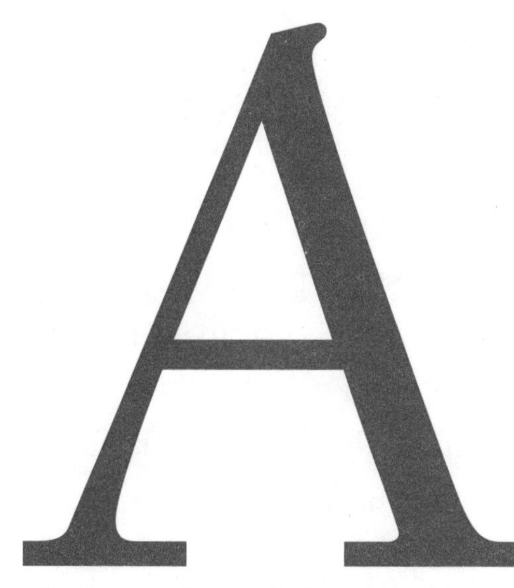

ALLÁ EN LOS TIEMPOS REMOTOS, hijo mío, el Elefante no tenía trompa. Sólo poseía una nariz negruzca y combada, del tamaño de una buena bota, que podía mover de un lado a otro: pero nada podía asir con ella. Existía, sin embargo, otro Elefante, un nuevo Elefante, hijo del primitivo, y sentía una insaciable curiosidad, lo que significa que en todo momento estaba haciendo preguntas. Vivía en África, e importunaba a toda África con su insaciable curiosidad. Preguntaba a su talluda tía el Avestruz por qué le crecían de aquel modo

las plumas de la cola, y su talluda tía el Avestruz le propinaba más de una zurra con su durísima pata. Preguntaba a su otra tía, no menos talluda, la Jirafa cómo le habían salido aquellas manchas en la piel, y su esbelta tía la Jirafa le zurraba con su durísima pezuña. Pero seguía lleno de insaciable curiosidad. Importunaba también con sus preguntas a su rechoncho tío el Hipopótamo, queriendo saber por qué tenía los ojuelos tan rojos, y su rechoncho tío el Hipopótamo le vapuleaba con su enorme pezuña. Y preguntaba igualmente a su peludo tío el Babuino por qué sabían de aquel modo los melones, y su velludo tío el Babuino le daba más de un mojicón con su peludísima manaza. Pero el Elefante seguía lleno de insaciable curiosidad. Hacía preguntas sobre cuanto veía, oía, olía o tocaba, y todos sus tíos y tías le zurraban de lo lindo. ¡Y su curiosidad seguía siendo insaciable!

Una espléndida mañana, en mitad de la Precesión de los Equinoccios, aquel insaciable hijo del Elefante hizo una delicadísima pregunta que hasta entonces no había formulado. Dijo: «¿Qué cena el cocodrilo?». Y todos se apresuraron a hacerle callar con un «¡Chit!» estentóreo y temeroso, y estuvieron un buen rato moliéndole las costillas.

Luego, pasada la tormenta, el Elefante fue al encuentro del Pájaro Kolokolo, que estaba posado en mitad de un espino.

–Mi padre y mi madre me han zurrado –le dijo el Elefante– y también me han pegado todos mis tíos y tías por mi insaciable curiosidad; pero, a pesar de todo, quisiera saber qué cena el Cocodrilo.

El Pájaro Kolokolo le contestó con voz quejumbrosa:

–Vete a las riberas del gran río Limpopo, que tiene las aguas grises, verdosas y viscosas y se desliza entre los árboles del paludismo, y allí lograrás saber lo que acucia tu curiosidad.

A la mañana siguiente, cuando ya nada quedaba de los Equinoccios, pues la Precesión se había producido en perfecto acuerdo con los precedentes, aquel insaciable hijo del Elefante tomó cincuenta quilos de bananas (de las cortas y rojizas) y otros cincuenta quilos de caña de azúcar (de la especie larga y purpúrea) y diecisiete melones (de la variedad verde y crujiente), y se despidió de todos sus queridos familiares.

–¡Adiós! –les dijo–. Me voy hacia el gran río Limpopo, que tiene las aguas grises, verdosas y viscosas y se desliza entre los árboles del paludismo, para ver lo que cena el Cocodrilo.

Y todos sus allegados le dieron otra soberana paliza, por más que él les suplicara muy cortésmente que dejaran ya de zurrarle.

Luego se puso en marcha, sintiendo un regular calorcillo, pero sin el menor asombro. Iba comiendo melones, y cuando se le caía la corteza la dejaba en el camino, pues no tenía con qué recogerla.

Desde la villa de Graham fue a Kimberley, y de Kimberley pasó al país de Khama, y desde el país de Khama dirigióse hacia el Este, pasando por el Norte, sin dejar de comer melones, hasta que, al fin, llegó a las riberas del río Limpopo, que tiene las aguas grises, verdosas y viscosas y se desliza entre los árboles del paludismo, tal como le había dicho el Pájaro Kolokolo.

Y has de saber y entender, hijo mío, que hasta aquella

precisa semana y aquellos precisos día, hora y minuto, el insaciable hijo del Elefante jamás había visto un Cocodrilo y no sabía cómo era. De ahí su insaciable curiosidad.

Lo primero que encontró fue una Serpiente Pitón Real Bicolor enroscada en una roca.

–Perdone vuestra merced –le dijo el hijo del Elefante con los más exquisitos modales–, ¿ha visto vuestra merced, en estas confusas regiones, una cosa llamada Cocodrilo?

–¿Que si he visto un Cocodrilo? –preguntó a su vez la Serpiente Pitón Real Bicolor con un desdén terrible–. ¿Y qué me preguntarás luego?

–Perdone vuestra merced –le contestó el hijo del Elefante–, ¿podría decirme lo que cena el cocodrilo?

Entonces la Serpiente Pitón Real Bicolor, soltándose prestamente de la roca donde estaba enroscada, azotó con su cola escamosa y flexible al hijo del Elefante.

–Es singular –dijo el hijo del Elefante–; mi padre, mi madre y mis dos tías, sin contar a mi otro tío el Hipopótamo ni a mi otro tío el Babuino, me han azotado por mi insaciable curiosidad... Al parecer se repite ahora lo mismo.

Despidióse, pues, muy cortésmente de la Serpiente Pitón Real Bicolor y la ayudó a enroscarse de nuevo en la

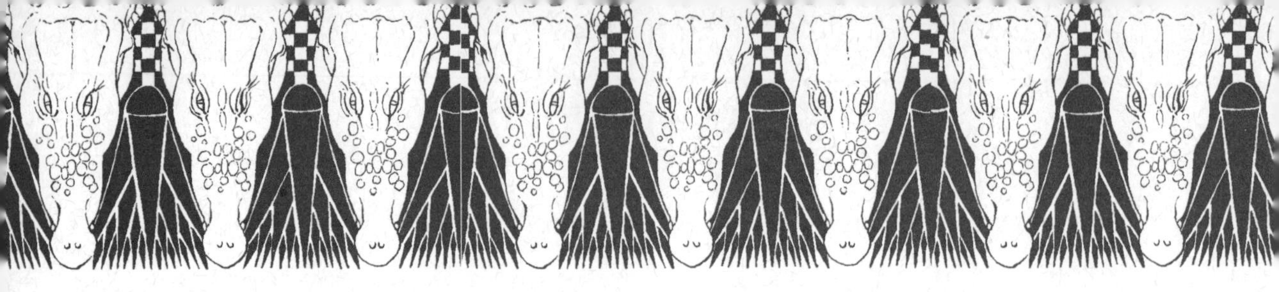

roca, y siguió su camino, sintiendo un regular calorcillo, pero sin el menor asombro. Iba comiendo melones, y cuando se le caía la corteza la dejaba en el camino, pues no tenía con qué recogerla.

Por fin tropezó con lo que creyó un tronco caído, junto a las mismas aguas grises, verdosas y viscosas del río Limpopo, cuyas riberas poblaban los árboles del paludismo.

Pero aquello, hijo mío, no era ni más ni menos que el Cocodrilo, y el Cocodrilo guiñó un ojo... ¡así!

–Perdone vuestra merced –le dijo el hijo del Elefante con los más exquisitos modales–, ¿ha visto vuestra merced por casualidad un Cocodrilo en estas confusas regiones?

El Cocodrilo hizo otro guiño, esta vez con el ojo izquierdo, y levantó a medias la cola, que tenía metida en el fango; pero el hijo del Elefante se echó atrás con la mayor cortesía, pues no quería que le azotaran de nuevo.

–Ven aquí, pequeñuelo –le dijo el Cocodrilo–. ¿Por qué preguntas eso?

–Perdone vuestra merced –contestó el hijo del Elefante con los más exquisitos modales–, pero mi padre y mi madre me han zurrado, y también me pegó mi tía el Avestruz, que tiene muy buena talla, y mi otra tía la

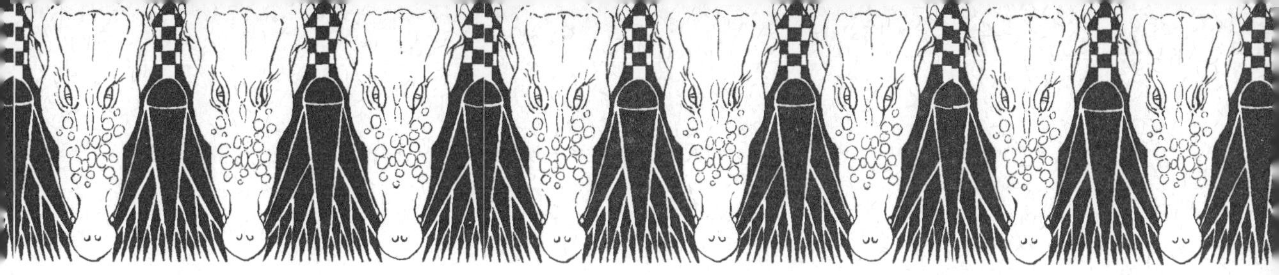

Jirafa, que es muy alta también y sabe cocear de lo lindo, sin mencionar a mi tío el Hipopótamo, que está bastante entrado en carnes, ni a mi tío el Babuino, a quien no le falta buena pelambrera, y me ha zurrado igualmente la Serpiente Pitón Real Bicolor con su cola escamosa y flexible, ahí cerca, en esta misma orilla, y en verdad que es la que pega más fuerte. Por eso, si le da lo mismo a vuestra merced, no quisiera recibir más azotes.

–Ven aquí, pequeñuelo –le dijo el Cocodrilo–, pues el Cocodrilo soy yo.

Y empezó entonces a derramar lágrimas de cocodrilo, para demostrar la verdad de lo que afirmaba.

El hijo del Elefante se quedó sin aliento y jadeando, y se arrodilló en la ribera del río.

–Sois la persona a quien he estado buscando durante tantos días –le dijo–. ¿Querréis decirme lo que cenáis?

–Acércate, pequeñuelo –insistió el Cocodrilo–, y te lo diré al oído.

El hijo del Elefante puso entonces la cabeza junto a la boca almizclada y colmilluda del Cocodrilo, y el Cocodrilo lo asió por la naricilla, que hasta aquella precisa semana y aquellos precisos día, hora y minuto

no había sido mayor que una bota, aunque mucho más útil.

–Creo –dijo el Cocodrilo (y lo dijo entre dientes... así)–, creo que esta noche empezaré la cena zampándome... ¡al hijo del Elefante!

Al oírle, hijo mío, el hijo del Elefante se sintió muy molesto, y le dijo hablando así, con la nariz:

–¡Soltadme, que me hacéis daño!

La Serpiente Pitón Real Bicolor se deslizó penosamente ribera abajo.

–Amiguito –le dijo–, si no tiras hacia atrás en seguida, con todas tus fuerzas, creo que ese abrigo de piel estampada que acabas de conocer (y con esto se refería al Cocodrilo) te llevará de un tirón por esas aguas antes de que puedas decir ¡ay!

Así suelen hablar las Pitones Reales Bicolores.

Entonces el hijo del Elefante afirmó en el suelo sus pequeñas posaderas y tiró y tiró y volvió a tirar con toda el alma, hasta que su nariz empezó a alargarse. Y el Cocodrilo chapoteaba en el agua, haciéndola espesa como nata con sus coletazos, y seguía tirando, tirando, tirando con inacabable brío.

Y la nariz del hijo del Elefante siguió alargándose más y más; ponía muy separadas y tiesas sus cuatro menudas patas, y tiraba, tiraba, tiraba sin descanso, y su nariz se hacía cada vez más larguirucha; y el Cocodrilo azotaba el agua con la cola, como si fuera un remo, y tiraba, tiraba, tiraba más y más, y a cada tirón se alargaba a ojos vistas la nariz del Elefante y le dolía mucho... ¡Huy! ¡Huy!

Al fin, notó el Elefante que las patas le resbalaban, y hablando con la nariz, que ya tenía entonces casi un metro y medio de largo, exclamó:

–¡Qué crueldad! ¡No puedo más! ¡No puedo!

La Serpiente Pitón Real Bicolor bajó entonces hasta llegar junto al agua, y se enroscó con doble vuelta en las patas posteriores del Elefantito, diciendo:

–Imprudente e inexperto viandante: vamos ahora a dedicar un ratito a tirar de verdad, pues, de lo contrario, creo yo que ese barco de guerra autopropulsado y muy bien acorazado (y con estas palabras, hijo mío, se refería al Cocodrilo) perjudicaría de veras tu porvenir.

Así suelen hablar las Pitones Reales Bicolores.

Tiró, pues, ella también, y tiraron el hijo del Elefante y el Cocodrilo; pero el hijo del Elefante y la Serpiente Pitón tiraron con más fuerza, y, al fin, el Cocodrilo soltó la nariz del Elefante con un «¡chap!» tan estentóreo que se oyó desde el nacimiento hasta la desembocadura del Limpopo.

También el hijo del Elefante dio entonces un tumbo repentino, pero ante todo tuvo buen cuidado en dar las gracias a la Serpiente Pitón Real Bicolor, e inmediatamente después se mostró compasivo con su pobre nariz, tan traída y llevada, la envolvió en frescas pieles de banana y la dejó sumergida en las aguas grises, verdosas y viscosas del gran río Limpopo, para que se refrescase un poquito.

–¿Por qué haces eso? –le preguntó la Serpiente Pitón Real Bicolor.

–Perdone vuestra merced –contestó el hijo del Elefante–, pero tengo la nariz bastante deformada y espero que así se encoja.

–Pues tendrás que esperar un buen rato –dijo la Pitón–. ¡Qué verdad es que muchos no saben lo que les conviene!

El hijo del Elefante se pasó tres días sentado, esperando a que se le encogiera la nariz. Pero no se le acortó ni una pulgada y, además, de tanto mirarla, empezaba ya a bizquear. Pues has de saber y entender, hijo mío, que el Cocodrilo, a fuerza de tirones, la había convertido en una auténtica trompa de elefante, como las que poseen hoy día.

Hacia el fin de la tercera jornada, una mosca picó al Elefantito en un hombro, y, antes de darse cuenta cabal de lo que hacía, levantó la trompa y pegó a la mosca, dejándola muerta en el acto.

–¡Primera ventaja! –comentó la Serpiente Pitón Real Bicolor–. No hubieras podido hacer eso con una simple nariz, de esas que sólo sirven para ponerse grasientas. Anda, ahora come un poquito.

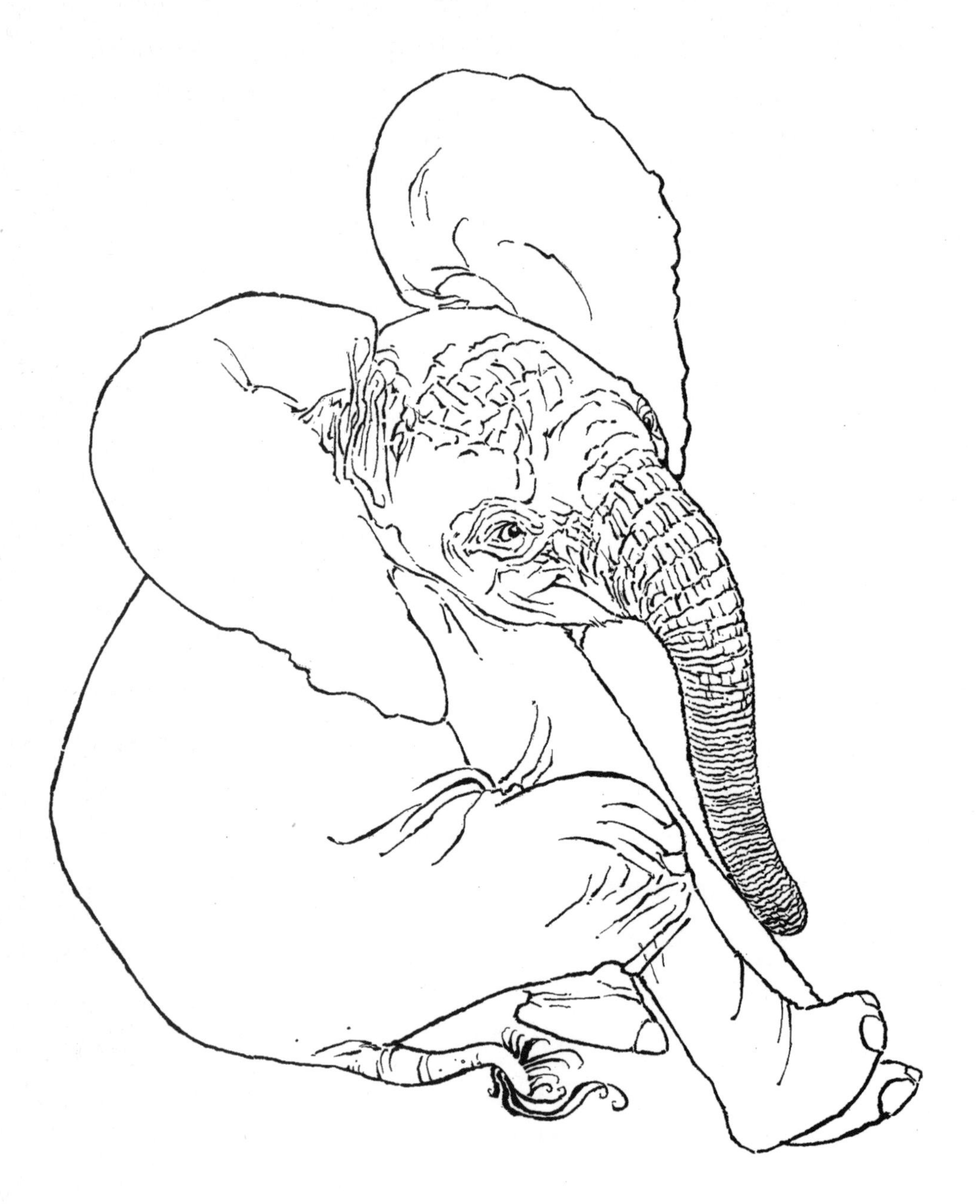

Sin pensar lo que hacía, el hijo del Elefante alargó la trompa y cogió un buen manojo de hierba, lo sacudió contra sus patas delanteras para quitarle el polvo y se lo llevó a la boca.

–¡Ventaja número dos! –exclamó la Serpiente Pitón, Real Bicolor–. No hubieras podido hacer eso con una simple nariz, de esas que sólo sirven para ponerse grasientas. ¿No crees que el sol calienta aquí demasiado?

–Así es –dijo el hijo del Elefante.

Y sin pensar lo que hacía, sorbió una buena cantidad de lodo de las riberas del río Limpopo, de aguas grises, verdosas y viscosas y lo derramó por su cabeza, donde el barro formó una blanda y fresca gorra que le hacía en las orejas unas agradables cosquillas.

–¡Ventaja número tres! –dijo la Pitón–. No hubieras podido hacerlo con una simple nariz, de esas que sólo sirven para ponerse grasientas. Y ahora, dime: ¿que te parecería si te zurraran de nuevo?

–Perdone vuestra merced –contestó el hijo del Elefante–, pero no me gustaría nada.

–Y si zurraras tú a alguien, ¿qué tal? –preguntó la Serpiente Pitón Real Bicolor.

–Eso sí me gustaría de veras –contestó el hijo del Elefante.

–Bueno, pues –dijo la Pitón–, verás cómo tu nueva nariz te resulta muy útil para vapulear a la gente.

–Gracias –dijo el Elefante–; lo recordaré. Y ahora me vuelvo a casita, a reunirme con mis queridos familiares y a ver lo que pasa.

El hijo del Elefante regresó, pues, a su hogar, cruzando el África y meneando y balanceando continuamente la trompa. Cuando quería comer alguna fruta la arrancaba del árbol, en vez de esperar a que cayera, como antes. Si le apetecía la hierba la recogía del suelo sin doblar la rodilla como en otros tiempos. Si le picaban las moscas, desgajaba una rama y la usaba a guisa de abanico; y cuando el sol era demasiado fuerte, se hacía otra fresca y blanda gorra de barro. Además, en los momentos en que le oprimía la soledad, al cruzar las grandes llanuras africanas, cantaba para sí con su trompa, que metía más ruido que una docena de charangas.

Se apartó de su ruta sólo por el placer de ir al encuentro de un rechoncho Hipopótamo (que no pertenecía a su parentela) y darle un buen vapuleo, para asegurarse de que la Serpiente no había mentido al referirse a aquella propiedad de la nueva trompa. Y durante el resto del viaje se dedicó a recoger las cortezas de melón que había tirado cuando se dirigía al Limpopo, pues era un paquidermo aseado de veras.

Cierto sombrío atardecer llegó a la residencia de sus queridos familiares y curvó la trompa hacia arriba, diciendo:

–¿Cómo estáis?

Se alegraron al verle, pero le dijeron en seguida:

–Anda, ven aquí, que vamos a zurrarte por tu insaciable curiosidad.

–¡Bah! –exclamó el Elefantito–. No creo que entendáis gran cosa de azotainas; pero yo sí, y os lo voy a demostrar.

Alargó entonces la trompa y, con un par de sopapos, dejó tendidos patas arriba a dos de sus queridos hermanitos.

–¡Bananas! –exclamaron–. ¿Dónde diablos has aprendido esta jugarreta y qué le has hecho a tu nariz?

–Me la puso nueva el Cocodrilo que vive en las riberas del gran Limpopo, de aguas grises, verdosas y viscosas –dijo el hijo del Elefante–. Le pregunté qué cenaba y me dejó este recuerdo.

–Pues es muy fea esa nariz –comentó su peludo tío el Babuino.

–Lo es, en efecto –asintió el Elefantito–, pero resulta muy útil.

Y alzó en vilo a su peludo tío el Babuino, asiéndole por una de sus vellosas patas; y lo izó hasta dejarlo en mitad de un avispero.

Luego, el travieso Elefantito estuvo azotando un buen rato a sus queridos familiares, hasta que sintieron un calorcillo regular y no menor asombro. Dio un buen tirón a las plumas posteriores de su talluda tía el Avestruz; asió a su talluda tía la Jirafa por una de las patas traseras y la arrastró sobre un espino; y cuando su rechoncho tío el Hipopótamo hacía la siesta en el río, después de comer, le acercó la trompa al oído y soltó grandes voces y un chorro de burbujas. Pero jamás permitió que hicieran el menor daño al Pájaro Kolokolo.

Al fin, la cosa se puso tan seria que sus queridos familiares se marcharon, uno tras otro y a buen paso, hacia las riberas del gran río Limpopo, de aguas grises, verdosas y viscosas, que se desliza entre los árboles del paludismo, para que el Cocodrilo les proporcionase una nueva nariz. Cuando regresaron, ya nadie se dedicó a zurrar; y desde aquel día, hijo mío, todos los Elefantes (los que verás en la vida y los que nunca podrás ver) tienen una trompa exactamente igual a la de aquel Elefantito insaciablemente curioso.

A mis seis criados diligentes
les debo todo lo que sé:
se llaman Qué, Quién, Cuándo,
Cómo, Dónde y Por Qué.

Recorren Oriente y Occidente,
van por tierra y por mar,
y cuando lo creo oportuno
les permito descansar.

Así, cuando estoy ocupado,
no tienen nada que hacer
y pueden, durante las comidas,
saciar su hambre y su sed.
Pero cada persona es un mundo:
conozco a una niña curiosa,
y entre sus muchos criados
te aseguro que nadie reposa.
Los manda, en cuanto se despierta,
arriba, abajo y de través:
un millón de Cómos y Dóndes,
y siete millones de Por Qués.

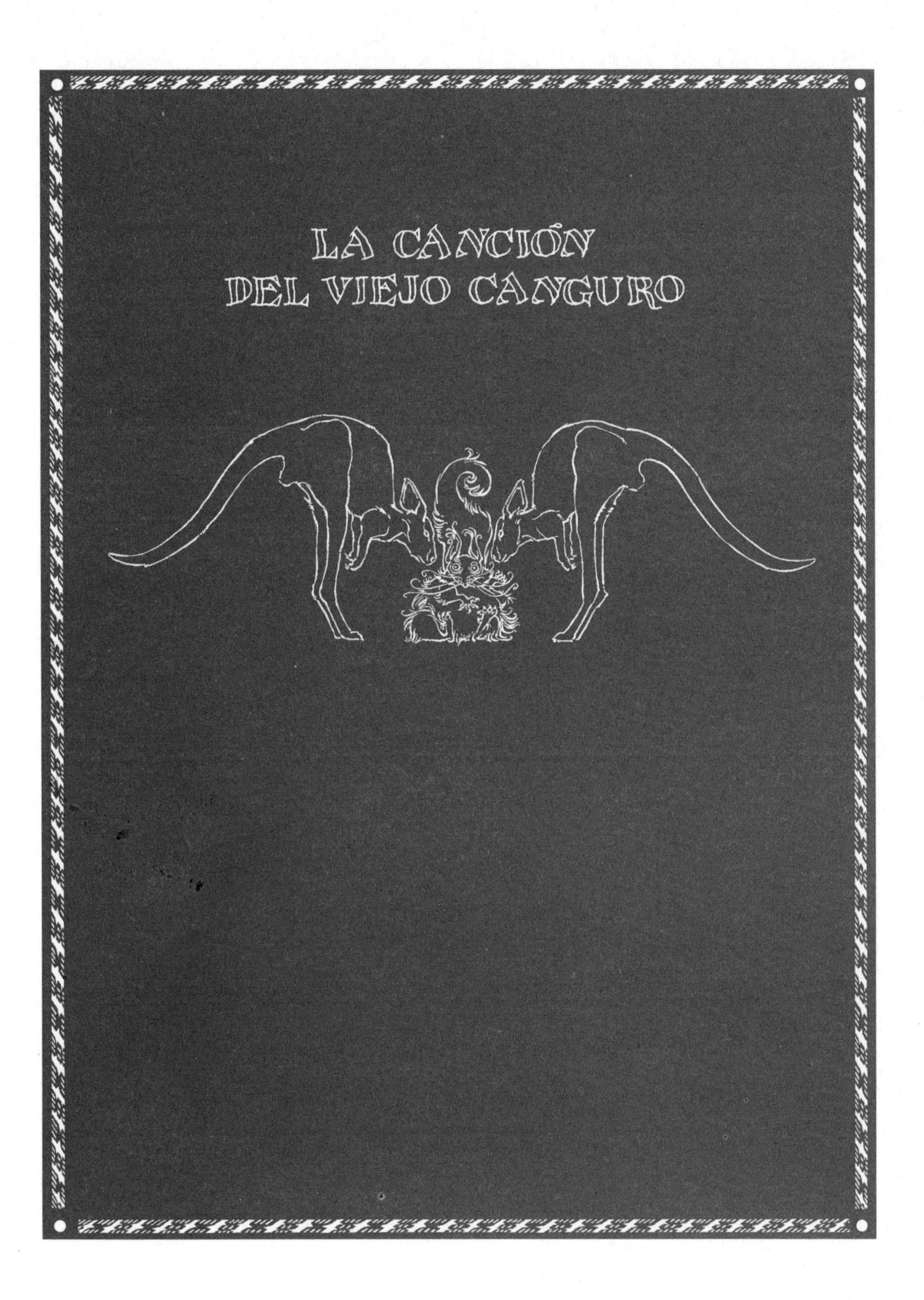
LA CANCIÓN
DEL VIEJO CANGURO

... CORRIÓ ENTRE LOS ALTOS HERBAZALES...
(La canción del viejo Canguro)

o siempre fue el Canguro como ahora lo vemos, sino un animal distinto, con cuatro patas cortas. Era gris y lanudo, y le henchía un orgullo realmente desmesurado. Cierto día, después de danzar un buen rato en un crestón, en el centro de Australia, se fue al encuentro del pequeño dios Nica.

Eran las seis de la mañana, antes de la hora del desayuno, cuando se presentó diciendo:

–Hazme diferente de los demás animales hoy mismo, antes de las cinco de la tarde.

Nica brincó del asiento que tenía en la arena y le gritó:

–¡Quítate de ahí!

El Canguro era gris y lanudo, y le henchía un orgullo desmesurado. Se puso a bailar sobre unas peñas, en el centro de Australia, y se fue al encuentro del dios Niquing, de mediana importancia.

Eran las ocho de la mañana, antes del desayuno, cuando se presentó ante Niquing.

–Hazme diferente de los demás animales hoy mismo –le dijo–, y además conviérteme en personaje de veras popular antes de las cinco de la tarde.

Brincó Niquing en la guarida que tenía oculta bajo los espinos y le gritó:

–¡Quítate de ahí!

Y proseguía el Canguro lanudo y gris, y le henchía un desmesurado orgullo. Bailoteó sobre un banco de arena, en el centro de Australia, y se fue al encuentro del gran dios Nicong.

Eran las diez de la mañana, antes del almuerzo, cuando se presentó a Nicong.

–Hazme diferente de los demás animales –le dijo–; hazme popular y maravillosamente veloz antes de las cinco de la tarde.

Brincó Nicong, que se estaba bañando en un saladar, y le gritó:

–¡Sí! ¡Voy a hacer lo que me pides!

Nicong llamó a Dingo (a quien llamaban el Perro Amarillo), el cual andaba siempre hambriento y cubierto de polvo, bajo el ardiente sol, y le mostró al Canguro.

–¡Dingo! –dijo Nicong–. ¡Anda, Dingo, despierta! ¿Ves a ese caballero que baila en un banco de arena? Quiere ser popular y que le vayan detrás, pero de veras. Anda, Dingo: conviértelo en lo que desea ser.

Dingo (o sea, el Perro Amarillo) dio un salto y exclamó:

–¿A quién te refieres? ¿A ese que es a medias gato y conejo?

Y Dingo (o sea, el Perro Amarillo), hambriento siempre y con la boca más abierta que un cubo de carbón, echó a correr en pos del Canguro.

El orgulloso Canguro se lanzó también, con toda la presteza de sus cuatro patas, como un conejillo.

Y aquí, hijo mío, da fin la primera parte de esta historia.

Corrió el Canguro a través del desierto, cruzó montañas, y lagunajos de sal, pasó entre juncales, entre azules eucaliptos y espinos… Corrió hasta que le dolieron las patas delanteras. Al pobre no le quedaba otro recurso.

Y corrió también Dingo (o sea, el Perro Amarillo), hambriento siempre y con la boca más abierta que una trampa de ratones; corrió en pos del Canguro, pero nunca le ganaba ventaja ni se quedaba rezagado. ¿Qué podía hacer el pobre?

Y siguió corriendo el Canguro, el Viejo Canguro. Corrió entre los bosques de *ti* y la *mulga;*[1] corrió entre los altos herbazales y el césped menudo; corrió entre los trópicos de Cáncer y Capricornio, hasta que le dolieron las patas traseras. Al pobre no le quedaba otro recurso.

1. El *ti* es un árbol australiano, y la *mulga*, una hierba del mismo país. *(N. del T.)*

Pero siguió corriendo Dingo (o sea, el Perro Amarillo), cada vez más hambriento, con la boca más abierta que un collar de caballo, y nunca le ganaba ventaja al Canguro ni se quedaba rezagado. Y al fin alcanzaron el río Wollgong.

Pero allí no había puente ni barca de pasaje, y el Canguro no sabía cómo componérselas para salvar el río. Se irguió, pues, sobre sus patas traseras y saltó. Al pobre no le quedaba otro recurso.

Fue saltando entre astillas y cenizas, fue saltando por los desiertos del centro de Australia. Saltó de veras, como un Canguro.

Dio, primero, un brinco de un metro; luego, de tres metros, y, al fin, de cinco; y sus piernas se fortalecían más y más, y su longitud aumentaba a ojos vistas. No le quedaba tiempo ni para tomar un bocado, y lo necesitaba de veras.

Y seguía corriendo Dingo (o sea, el Perro Amarillo), muy confuso y hambriento, preguntándose por qué extraña razón el Viejo Canguro brincaría de aquel modo. Pues lo cierto era que saltaba como un grillo, como un guisante en la sartén o una pelota de goma nuevecita en la habitación de los niños. ¿Qué podía hacer el pobre?

Mantenía alzadas las patas delanteras y brincaba con las posteriores, y erguía también la cola detrás del cuerpo, para mantener el equilibrio... Y así iba brincando por los Montes de Darling. ¿Qué otro recurso le quedaba?

Pero seguía corriendo Dingo (el Perro Cansado), cada vez más hambriento y confuso, preguntándose qué diablos sería capaz de detener al Viejo Canguro.

Entonces terció Nicong, que se bañaba en el lagunajo de sal, y dijo:

–¡Son las cinco de la tarde!

Dingo (el Pobre Perro) se sentó en el suelo, hambriento, polvoriento, a la luz del sol; sacó un palmo de lengua y empezó a aullar.

Y se sentó también el Canguro (el Viejo Canguro). Su cola asomaba tras él como un escabel de los que se usan para ordeñar las vacas.

–¡Al fin se acabó esto! –exclamó.

Entonces dijo Nicong, que es todo un caballero:

–¿Por qué no estás agradecido a Dingo, el Perro Amarillo? ¿Por qué no le das las gracias por cuanto ha hecho por ti?

–Me ha echado del hogar de mi niñez –le contestó el Viejo y fatigado Canguro–; me ha perseguido sin dejarme comer a las horas de costumbre; ha alterado mi forma, que ya no recobraré; con una treta endemoniada, me ha transformado las patas traseras.

–Tal vez me equivoque –observó Nicong–, pero ¿no me pediste que te hiciera diferente de los demás animales? ¿No dijiste que querías ver cómo te iban detrás? Lo cierto es que son las cinco de la tarde.

–Sí –dijo el Canguro–. ¡Ojalá no lo hubiera pedido! Me figuré que lo harías mediante ensalmos y encantamientos, pero esto es una broma vulgar.

–¡Una broma vulgar! –exclamó Nicong, que estaba en el baño, entre los azules eucaliptos–. Dilo otra vez y silbo a Dingo para que te persiga hasta que vuelvas a tener como antes las patas traseras.

–No –dijo el Canguro–; perdona. Las piernas, piernas son, y en lo que a mí atañe, no hay por qué alterarlas de nuevo. Sólo quería decir a vuestra señoría que no he comido nada desde esta mañana, y la verdad es que siento el buche muy vacío.

–Sí –dijo Dingo, o sea el Perro Amarillo–. Lo mismo me ocurre a mí. Le he convertido en un animal diferente de los demás; pero ¿quién me da merienda?

Entonces dijo Nicong, que se bañaba en el saladar:

–Ven mañana y pídemela, pues ahora voy a lavarme.

Así dejaron al Viejo Canguro y a Dingo, o sea el Perro Amarillo, en mitad de Australia, y ambos dijeron:

–La culpa es tuya.

Escucha, hijo mío, la canción
de una carrera que ninguna otra supera:
el gran dios Nicong dio la salida
al Canguro Orgulloso, que tomó la delantera,
y Dingo el Perro Amarillo le siguió de cerca.

Salta que saltarás iba el Canguro
–sus patas traseras como pistones poderosos–,
saltando sin parar hasta que se hizo oscuro
por desiertos, herbazales y valles boscosos.
Dingo era una nube de polvo amarillo
detrás del Canguro, corre que correrás,
sin poder emitir siquiera un ladrido.
¡Parecía que no fuera a parar jamás!

Nadie sabe con certeza dónde llegaron,
nadie ha vuelto a hacer el mismo recorrido,
puesto que el Continente que atravesaron
aún no tenía nombre conocido.

Recorrieron una distancia increíble:
del estrecho de Torres hasta el Leeuwin sin parar
(míralo en un atlas, parece imposible)
y luego, de vuelta otra vez al mismo lugar.

Supongamos ahora que pudieras correr
de Adelaida a la costa del Pacífico
un día cualquiera después de comer
(la mitad de aquel recorrido magnífico):
hijo mío, si realizaras tamaña proeza
tus piernas crecerían de modo pasmoso
y se podría decir con toda certeza
que eres un chiquillo asombroso.

EL PRINCIPIO
DE LOS ARMADILLOS

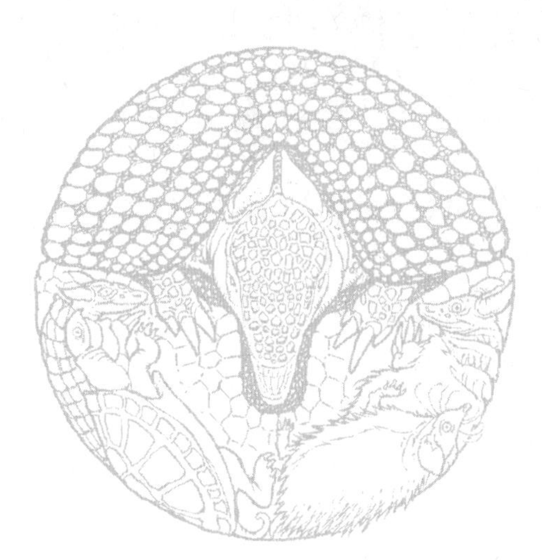

STA, HIJO MÍO, ES OTRA HISTORIA de los remotísimos tiempos en que el mundo estaba todavía en sus albores. En mitad de aquellos tiempos vivía un Erizo cubierto de púas en las márgenes del turbio Amazonas, y se alimentaba de caracoles y otros animalejos parecidos. Tenía una amiga, que era una sólida y cachazuda Tortuga, la cual residía también en las riberas del turbio Amazonas y comía lechugas tiernas y otras verduras.

Hasta aquí, según puedes ver, hijo mío, todo andaba bien.

Pero en aquellos remotísimos tiempos en que alboreaba el mundo, vivía igualmente en las orillas del turbio Amazonas un Jaguar de piel muy pintada, que devoraba cuanto podía cazar. Cuando no podía atrapar ciervos o monos, comía ranas y escarabajos; y si no lograba cazar ranas ni escarabajos, iba a contárselo a mamá Jaguar, quien le instruía sobre el modo de cazar erizos y tortugas.

Le dijo, una y cien veces, balanceando graciosamente la cola:

–Cuando encuentres un Erizo, hijo mío, has de echarlo al agua, y entonces dejará de estar encogido; y cuando cojas una Tortuga, has de sacarla de su concha con la garra.

Y hasta aquí todo iba bien, hijo mío.

Cierta estrellada noche, el Jaguar pintarrajeado encontró al Erizo lleno de púas y a la sólida y cachazuda Tortuga en las riberas del turbio Amazonas, sentados en un tronco caído. Como no podía echar a correr, el de las púas se hizo un ovillo, pues por eso era Erizo, y la sólida y cachazuda Tortuga escondió a toda prisa la cabeza y las patas en su concha, pues por eso era Tortuga; y todo seguía bien, hijo mío, ¿no es así?

–Fijaos en lo que os digo –dijo el pintado Jaguar–, pues es muy importante. Me dijo mi madre que cuando encuentre un Erizo he de echarlo al agua, y dejará de estar encogido; y que cuando encuentre una Tortuga he de sacarla de la concha con la garra. Ahora bien: ¿cuál de vosotros es el Erizo y cuál la Tortuga? Pues, ¡válganme las manchas de mi piel!, no sé distinguirlo.

–¿Estás seguro de lo que te dijo mamá? –preguntó el Erizo lleno de púas–. ¿Estás seguro de veras? Tal vez te dijo que cuando obligues a una Tortuga a dejar de estar encogida has de pelarla fuera del agua, con un buen golpe de tu garra, y cuando eches la garra a un Erizo debes dejarlo caer en la concha.

–¿Estás seguro de lo que te dijo mamá? –preguntó a su vez la sólida y cachazuda Tortuga–. ¿Estás seguro de veras? Tal vez te dijo que cuando zambullas a un Erizo has de recogerlo con la garra, y que cuando encuentres una Tortuga has de pelarla hasta que deje de estar encogida.

–No creo que dijera nada de eso –repuso el pintado Jaguar, pero se sentía algo confuso–; hacedme el favor de repetirlo con mayor claridad.

–Cuando recojas el agua con la garra, has de lograr que el agua deje de estar encogida, y para ello te servirás de un Erizo –dijo el de las púas–. Acuérdate de esto, pues es muy importante.

–Pero –añadió la Tortuga– cuando recojas la comida con la garra has de dejarla caer encima de una Tortuga mediante un movimiento enérgico. ¿No lo entiendes?

–Por culpa vuestra me duelen las manchas de la piel –dijo el pintado Jaguar–, y además vuestros consejos me importan un bledo. Sólo quiero saber quién de vosotros es el Erizo y quién la Tortuga.

–No pienso decírtelo –dijo el de las púas–; pero puedes sacarme de la concha si te place.

–¡Pero si no tenías concha!
(El principio de los Armadillos)

–¡Ajajá! –exclamó el pintado Jaguar–. Ahora ya sé que eres tú la Tortuga. Creíste engañarme, ¿eh? Pues manos a la obra.

El Jaguar alargó prestamente su callosa garra en el preciso instante en que el de las púas se hacía un ovillo y, por supuesto, la callosa garra del Jaguar quedó llena de púas. Y, lo que era aún peor, con el golpe hizo rodar al Erizo

hacia el interior del bosque, entre la densa maleza, donde la oscuridad no permitía dar con él. Luego se llevó la garra a la boca y, como es natural, las púas le pincharon más que nunca. En cuanto recobró el uso de la palabra, dijo así:

–Ahora ya sé que aquél no es la Tortuga. Pero –y se rascó la cabeza con la garra sana– ¿cómo sabré que éste lo es?

–Pues lo soy, no lo dudes –expuso la cachazuda Tortuga–. Tu madre estaba en lo cierto. Te dijo que debías sacarme de la concha con tu garra. Empieza ya.

–Hace un minuto no decías eso precisamente –dijo el pintado Jaguar arrancándose las púas de su callosa garra–. Asegurabas que mi madre había dicho una cosa muy distinta.

–Bien; supongamos, según dices tú, que yo atribuí a tu madre algo muy diferente, lo mismo da; pues si ella dijo lo que tú dices que yo le atribuí, es lo mismo que si yo hubiese dicho que dijo lo que dijo. Por otra parte, si tú crees que te aconsejó obligarme con un buen golpe a no estar encogida, en vez de desmenuzarme con una concha, ¿puedo yo evitarlo?

–Pero lo que tú has dicho es que te sacase de la concha con mi garra –dijo el pintado Jaguar.

–Si lo piensas mejor, verás que no te dije nada de eso.

Dije que tu madre había dicho que debías sacarme de la concha –aclaró la cachazuda y sólida Tortuga.

–¿Y qué ocurriría si lo hago? –preguntó el Jaguar husmeando con desconfianza.

–No lo sé, porque, hasta el presente, nadie me ha sacado aún de la concha; pero, te lo digo de veras: si quieres ver cómo me escapo nadando, lo único que debes hacer es echarme al agua.

–No lo creo –repuso el pintado Jaguar–; habéis mezclado lo que me dijo mi madre con lo inventado por vosotros, preguntándome si estaba seguro de que no lo había dicho ella, hasta hacerme dudar de dónde tengo la cabeza y dónde la moteada cola; y ahora vienes tú y me dices algo que no logro entender, lo cual me tiene aún más perplejo que antes. Mi madre me dijo que había de echar al agua a uno de los dos, y como tú pareces tan afanoso de que te echen, creo yo que lo que deseas es precisamente lo contrario. Salta, pues, y échate en el turbio Amazonas... pero de prisa.

–Te advierto que tu mamá no estará muy satisfecha. No le digas que no te lo advertí –dijo la sólida y cachazuda Tortuga.

–Si añades una palabra más sobre lo que mi madre dijo... –contestó el Jaguar; pero antes de acabar la frase, la Tortuga se zambulló tranquilamente en el turbio Amazonas, nadó un buen rato por debajo del agua y alcanzó al fin la otra orilla, donde la estaba esperando el Erizo.

–Escapamos por un pelo –dijo el de las púas–. Ese Jaguar pintarrajeado no me gusta nada. ¿Quién le has dicho que eras?

–Le dije de veras que era una verdadera Tortuga, pero no ha querido creerme, y me ha hecho saltar al río para ver si lo era, y como lo era, se ha quedado muy sorprendido. Ahora ha ido a contárselo a su mamá. ¡Escucha!

Y oyeron al pintado Jaguar bramando de acá para allá, entre los árboles y la maleza que cubrían las orillas del turbio Amazonas, hasta que acudió su madre.

–¡Hijito, hijo mío! –repitió la madre muchas veces, balanceando con gracia la cola–, ¿qué has hecho indebidamente?

–Traté de sacar con la garra a uno que pedía que lo sacasen de su concha, y tengo la garra llena de púas –dijo el Jaguar.

–¡Hijito, hijo mío! –repitió la madre muchas veces, balanceando graciosamente la cola–. Por las púas que tienes en tu callosa garra veo que sería un Erizo. Debías haberlo echado al agua.

–Eso hice con el otro; dijo que era una Tortuga, pero no le creí, y lo era de verdad; se ha zambullido en el turbio Amazonas y no vuelve a salir, y no tengo ni un bocado. Creo que lo mejor que podemos hacer es irnos a vivir a otro sitio. En este turbio Amazonas me están resultando demasiado ingeniosos.

–¡Hijito, hijo mío! –repitió la madre muchas veces, balanceando graciosamente la cola–. Fíjate en lo que voy a decirte y procura recordarlo. Un Erizo se encoge como una bola y, en un instante, las púas se le erizan por todo el cuerpo. En eso conocerás que se trata de un Erizo.

–Me gusta muy poco esa vieja dama –comentó el de las púas, cobijado en la sombra de una gran hoja–. A ver qué otras cosas sabrá.

–Una Tortuga no puede hacerse un ovillo –prosiguió mamá Jaguar. Y lo repitió muchas veces, balanceando graciosamente la cola–. Sólo esconde la cabeza y las patas en su concha. En eso conocerás que se trata de una Tortuga.

–A mí tampoco me gusta nada esa vieja dama..., no me gusta ni pizca –dijo la cachazuda y sólida Tortuga–. Ni el Jaguar pintarrajeado, a pesar de ser tan bobo, es capaz de olvidar esas instrucciones. Es una verdadera lástima que no sepas nadar, Erizo.

–No me hables de eso –dijo el de las púas–. Piensa, por otra parte, en lo mejor que irían las cosas si tú fueses capaz de hacerte un ovillo. ¡Esto es un lío! ¡Escucha al Jaguar!

El Jaguar de pintada piel se había sentado en la orilla del turbio Amazonas, e iba arrancando las púas de sus garras mientras canturreaba entre dientes:

> Encogerse no sabe, pero sabe nadar:
> es la Tortuga, no hay por qué dudar.
> No nada, mas se encoge y se hace un ovillo:
> es el Erizo. Me lo sé al dedillo.

–Eso no lo olvidará en todo un mes –dijo el Erizo–. Sosténme por el mentón, cachazuda. Aprenderé a nadar, pues puede sernos útil.

–¡Con mil amores! –dijo la lenta y sólida Tortuga.

Y sostuvo la cabeza al de las púas mientras éste pataleaba vivamente en las aguas del turbio Amazonas.

–Acabarás siendo un buen nadador –comentó la cachazuda–. Ahora, si logras que me queden un poco sueltas las conchas del espaldar, intentaré encogerme. Acaso nos sea útil.

El Erizo la ayudó a soltar las conchas del espaldar y, tras de no poco retorcimiento y forcejeo, la Tortuga pudo, al fin, encogerse algo, pero sólo un poquitín.

–¡Magnífico! –exclamó el Erizo–. Pero, de momento, yo no me esforzaría más, pues la cara se te ha puesto negra. Haz el favor de guiarme de nuevo en el agua y

practicaré nadando de lado a lado, que, según tú dices, es facilísimo.

Así pues, el de las púas siguió adiestrándose, y la cachazuda y sólida Tortuga nadaba a su vera.

–¡Magnífico! –comentó la Tortuga–. Con algo más de práctica acabarás siendo una regular ballena. Si ahora logras soltarme de nuevo las conchas del lomo y de delante, para que me queden un par de agujeros más, trataré de encorvarme de ese modo asombroso que, según dices tú, resulta tan fácil. ¡Qué sorpresa va a llevarse el pintadísimo Jaguar!

–¡Excelente! –exclamó el Erizo, chorreando aún agua del turbio Amazonas–. Confieso que no te distinguiría de cualquiera de mis familiares. ¿Dos agujeros, has dicho? Bueno, hazme el favor de hablar con más propiedad y no gruñas tanto, pues de lo contrario, el pintadísimo Jaguar nos oirá. Cuando hayas logrado encogerte, quiero intentar aquella zambullida larga, que, de creerte, es también facilísima. El pintado Jaguar se quedará de veras asombrado.

Se zambulló, pues, el Erizo, y la cachazuda Tortuga nadaba a su lado, por debajo de la superficie.

–¡Perfecto! –exclamó la Tortuga–. Si pones un poquitín de cuidado en contener el aliento, podrás tener tu casita en lo más hondo del turbio Amazonas. Ahora intentaré el ejercicio de envolverme las orejas con las patas traseras, que resulta comodísimo según tú. ¡Eso sí que va a sorprender al Jaguar de la piel de colores!

–¡Magnífico! –exclamó el de las púas–. Pero eso es ya pedir demasiado a las conchas de tu espaldar. Andan todas revueltas y levantadas, en vez de estarse, como antes, muy quietecitas.

–¡Bah! Eso es consecuencia del ejercicio –dijo la cachazuda–. También he observado que tus púas parecen fundirse unas con otras, y que no semejas ya una castaña, como antes, sino una piña.

–¿De veras? –preguntó el Erizo–. No es más que la consecuencia de estar tanto rato metido en el agua. ¿Te imaginas la sorpresa que va a llevarse el pintadísimo Jaguar?

Y siguieron con sus ejercicios, ayudándose mutuamente, hasta que alboreó el nuevo día; y cuando el sol estuvo ya bastante alto, reposaron un poco y se secaron. Entonces advirtieron que eran ambos muy diferentes de lo que habían sido.

–Erizo –dijo la Tortuga, después del desayuno–, no soy ya lo que era ayer, pero me figuro que todavía podré divertir un poco al pintadísimo Jaguar.

–Precisamente es lo que ahora estaba pensando –asintió el Erizo–. Creo que las conchas poseen una grandísima ventaja sobre las púas..., sin contar la delicia de andar por el agua. ¡Qué sorpresa va a llevarse el de la piel de colores! Bueno; vamos a su encuentro.

Al poco rato encontraron al Jaguar pintarrajeado, curándose aún la callosa pata que se había lastimado la noche anterior. Tan asombrado quedó, que dio tres volteretas de una vez, cayendo siempre sobre su pintadísima cola.

–¡Buenos días! –dijo el de las púas–. ¿Cómo está, dime, esta mañana tu encantadora mamá?

–Bien, bien, muchas gracias –contestó el pintado Jaguar–, pero has de dispensarme, pues en este momento no recuerdo tu nombre.

–No me pareces muy amable –dijo el Erizo–; ayer, precisamente a esta misma hora, con tu garra intentaste sacarme de la concha.

–¡Pero si no tenías concha! Todo tú eras púas –dijo el de la pintada piel–. De eso estoy muy seguro. No tienes más que ver cómo se me puso la pata.

–A mí me dijiste que me echara en el turbio Amazonas, con la intención de que me ahogase –dijo la cachazuda y sólida Tortuga–. ¿Cómo te muestras hoy tan hosco y olvidadizo?

–¿No te acuerdas de lo que te dijo tu madre? –preguntó el Erizo–; aquello de

> Encogerse no sabe, pero sabe nadar:
> es el Erizo, no hay por qué dudar.
> No nada, mas se encoge y se hace un ovillo:
> es la Tortuga. Me lo sé al dedillo.

Entonces se encogieron ambos y empezaron a rodar y rodar en torno al Jaguar de pintada piel, hasta que al pobre los ojos le daban más vueltas que rueda de carro. Luego fue en busca de su madre.

–Madre –le dijo–, hoy están en el bosque dos animales nuevos, y el que tú decías que no sabe nadar nada como un pez, y el que decías que no se encoge, hoy sabe hacerse un ovillo. Y me figuro que se habrán repartido las púas, pues los dos están cubiertos de puntiagudas escamas, en vez de ser uno liso y el otro espinoso, y además van rodando, rodando, rodando… y me siento inquieto, te lo aseguro.

–¡Hijito, hijo mío! –dijo varias veces mamá Jaguar, balanceando graciosamente la cola–. Un Erizo es un Erizo, y no puede ser más que un Erizo, y una Tortuga es una Tortuga, y nada más puede ser.

–Pero esos que te digo no son ni Erizo ni Tortuga. Tienen algo de ambos, y no sé qué nombre darles.

–¡Tonterías! –dijo mamá Jaguar–. Cada cual tiene su nombre. Yo lo llamaría «Armadillo» mientras no supiera el nombre verdadero, y lo dejaría en paz.

El Jaguar de pintada piel hizo, pues, lo que le habían dicho, especialmente en lo que atañe a dejar en paz a aquel animal desconocido; pero lo curioso del caso, hijo mío, es que, a partir de aquel día, en las márgenes del turbio Amazonas no ha habido ya nadie que se llamase Erizo ni Tortuga, y sólo se conoce allí al Armadillo. Existen, por supuesto, Erizos y Tortugas en otros sitios (como en mi jardín), pero los de antaño, los que eran muy avisados y tenían el cuerpo cubierto de escamas delicadamente yuxtapuestas, como las de una corteza de piña; los que vivían en las orillas del turbio Amazonas, allá, en los albores del mundo, se llaman siempre Armadillos, por lo listos que son.

Y *así* todo anda bien, hijo mío. ¿No te parece?

Nunca he navegado por el Amazonas,
nunca he visitado Brasil,
pero los viajes del Magdalena
suman ya más de mil.

Cada semana, de Southampton,
blancos y oro, los barcos de vapor
surcan el mar rumbo a Río...
¡Rumbo a Río, vámonos a Río!
Cómo me gustaría ir a Río
antes de hacerme mayor.

Nunca he visto un Jaguar,
ni siquiera un Armadillo
encogidillo en su armadura,
y nunca me lo voy a encontrar

a no ser que me enrole
como grumete en un vapor.
¡Rumbo a Río, vámonos a Río,
surquemos el mar rumbo a Río.
Yo quiero zarpar rumbo a Río
antes de hacerme mayor.

CÓMO SE ESCRIBIÓ
LA PRIMERA CARTA

RASE, EN LOS TIEMPOS MÁS REMOTOS, un hombre neolítico. No era ni juto, ni anglo, ni siquiera drávida, lo que hubiera podido muy bien ser, hijo mío, aunque no debes preocuparte mucho por las razones. Era un Primitivo y vivía cavernícolamente en una Caverna y, llevaba muy escasa ropa. No sabía leer ni escribir, ni lo deseaba, y a excepción de las horas en que le acuciaba el hambre, era muy feliz. Se llamaba Tegumai Bopsulai, lo que significa: «Hombre-que-no-adelanta-apresuradamente-el-pie»; pero, para abreviar, hijo mío, lo llamaremos solamente Tegumai.

El nombre de la esposa era Teshumai Tewindrow, o sea: «Dama-que-hace-mil-preguntas», pero, en gracia a la brevedad, hijo mío, la llamaremos sólo Teshumai. La hijita se llamaba Taffimai Metallumai, lo que significa: «Criatura-sin-modales-que-merece-buenas-zurras», pero, al referirnos a ella, diremos simplemente Taffy. Tegumai quería mucho a su hijita, y la mamá no la quería menos. No le daban ni la mitad de las zurras que merecía, y los tres eran felices de verdad.

Cuando Taffy tuvo las piernecitas suficientemente fuertes para alejarse de su morada, iba por todas partes con su papá Tegumai. A veces sólo regresaban a la Caverna cuando se sentían muy hambrientos, y entonces Teshumai solía decir:

–¿Dónde diablos os habéis metido los dos, que venís tan escandalosamente sucios? Te aseguro, Tegumai mío, que eres tan niño como mi Taffy.

Y ahora escucha bien lo que voy a contarte.

Cierto día, Tegumai, cruzando la gran marisma de los castores, bajó hasta el río Wagai, para pescar con su lanza las carpas que necesitaban para la cena, y Taffy iba con su padre. La lanza que usaba Tegumai era de madera y tenía en la punta unos afilados dientes de tiburón; antes de que hubiese logrado pesca alguna, tuvo la mala suerte de romperla, al lanzarla con demasiada fuerza, a lo más profundo del río. Se encontraba a muchos quilómetros de su hogar –aunque, por supuesto, llevaba algo de comer en un zurrón– y Tegumai se había olvidado de llevar consigo otras lanzas.

–¡Bonita pesca! –dijo Tegumai–. Para arreglar esto tendré que emplear la mitad del día.

–Tienes en casa la lanza grande y negra –dijo Taffy–. Deja que vuelva a la Caverna y se la pida a mamá.

–Está demasiado lejos para tus piernecitas tan gordas –repuso Tegumai–. Además, podrías caerte y anegarte en la ciénaga de los castores. Procuraremos vencer como podamos este contratiempo.

Se sentó, pues, en el suelo y abrió un zurrón que llevaba, con lo necesario para efectuar remiendos. Contenía tendones de reno, tiras de piel y trozos de cera de abeja y resina. Con ello empezó a arreglar la lanza. También se sentó Taffy, y, con los deditos del pie en el agua y el mentón en la mano, estaba muy pensativa.

–Oye, papá –dijo al cabo de un buen rato–, ¿no juzgas tremendamente engorroso que ni tú ni yo sepamos escribir? Si supiéramos, podríamos enviar un mensaje pidiendo la lanza negra.

–Taffy –contestó Tegumai–, ¿cuántas veces te he dicho que no uses esa jerga rara? Eso de «tremendamente engorroso» dista mucho de ser una frase bonita... Pero, ya que lo mencionas, sí, sería conveniente poder mandar a casa algún mensaje escrito.

En aquel preciso instante llegó junto a ellos un Forastero que bajaba por la orilla, siguiendo el curso del río; pero pertenecía a una tribu lejana, la de los Tewaras, y no entendía una palabra del lenguaje de Tegumai. Se paró en la orilla y sonrió a Taffy, pues también él tenía en su hogar una niñita. Tegumai sacó del zurrón de remiendos una madeja de tendones de reno y siguió componiendo la lanza.

–Ven –dijo Taffy–. ¿Sabes dónde vive mamá?

Pero el Forastero se limitó a contestar: «¡Hum!», pues era, como sabes ya, un Tewara.

–¡Tonto! –exclamó Taffy, y empezó a patalear, pues en aquel momento vio una bandada de enormes carpas que subían por el río, precisamente cuando papá no podía servirse de la lanza.

–No molestes a la gente mayor –dijo Tegumai, tan embebido en su remiendo que ni siquiera volvió la cabeza.

–No molesto a nadie –repuso Taffy–. Sólo deseo que haga lo que yo quiero, pero no me entiende.

–Pues no me molestes a mí –dijo Tegumai.

Y siguió estirando y retorciendo los tendones de reno, cuyas puntas cogía con los dientes.

El Forastero, como buen Tewara, se sentó sobre la hierba, y Taffy le indicó lo que estaba haciendo su padre. El Forastero pensó: «He aquí una chiquilla asombrosa. Me dedica su pataleo y me hace muecas. Será, sin duda, hija de aquel noble Jefe, hombre de tal alcurnia que ni siquiera se ha fijado en mí». Sonrió, pues, con mayor cortesía que nunca.

–Oye –dijo Taffy–, quiero que vayas donde está mi

madre, pues tienes las piernas más largas que yo y no te caerás en la ciénaga de los castores, y quiero que pidas la otra lanza de papá, la del puño negro, que está colgada sobre nuestra chimenea.

El Forastero, como Tewara que era, pensó: «Es una chiquilla asombrosa, asombrosísima. Agita los brazos y me dice algo a gritos, pero no entiendo una palabra. Mas si no hago lo que quiere, mucho me temo que ese altivo Jefe, el Hombre-que-vuelve-la-espalda-a-los-visitantes, se enoje de verdad».

Se puso en pie y tras de arrancar a un abedul un gran trozo de corteza lo enrolló y se lo dio a Taffy. Lo hizo, hijo mío, para dar a entender que tenía el corazón tan blanco como la corteza del abedul, y que no abrigaba ninguna atención aviesa. Pero Taffy no lo comprendió del todo.

–¡Ah! –exclamó–. ¡Ya comprendo, ya comprendo! ¿Quieres las señas de mamá, no es eso? No sé escribir, por supuesto, pero sé dibujar si tengo algo puntiagudo. Haz el favor de prestarme el diente de tiburón que llevas en el collar.

El Forastero (recuerda que era un Tewara) nada contestó. Taffy alargó, pues, su manita y tiró del hermoso collar que el desconocido llevaba en la garganta, formado con un fino abalorio, una simiente y un diente de tiburón.

El Forastero, como Tewara que era, pensó: «Ésta es una niñita asombrosa, asombrosísima, de lo más asombroso que darse pueda. El diente de tiburón que llevo en mi collar es un diente mágico, y siempre me aseguraron que quien lo tocase sin mi venia, se inflaría y subiría por el aire, o estallaría. Pero esta niña ni se hincha ni estalla, y ese Jefe tan principal, el Hombre-que-atiende-estrictamente-a-su-tarea, y que ni siquiera ha advertido mi presencia, no parece temer que la niña suba por el aire ni estalle. He de mostrarme algo más cortés».

Dio, pues, a Taffy el diente de tiburón, y ella se echó de bruces, apoyándose en la barriguita y con las piernas levantadas, como ciertas personas cuando quieren dibujar.

–¡Verás qué dibujos tan lindos te hago! –dijo–. Puedes mirar por encima de mi hombro, pero no me empujes. Primero dibujaré a papá pescando. No se le parece mucho, pero mamá sabrá de qué se trata, pues he dibujado la lanza rota. Bueno; ahora dibujaré la otra lanza que le hace falta, la del puño negro. Parece clavada en la espalda de papá, pero es que me ha resbalado el diente de tiburón y, además, la corteza no es bastante grande. Ésta es la lanza que me has de traer: haré, pues, un dibujo de mí misma explicándote esto. No tengo los cabellos de punta, como los he dibujado, pero así cuesta menos. Ahora te dibujaré a ti. Me resultas muy simpático, te lo digo de veras, pero en el dibujo no sabría hacerte guapo, conque no te enfades. Dime, ¿te ofendes?

El Forastero (recuerda que era un Tewara) sonrió. Pensó: «Debe de prepararse en algún sitio una tremenda batalla, y esta niña extraordinaria, que coge mi diente de tiburón mágico, pero ni se infla ni estalla, me dice que convoque a toda la Tribu del gran Jefe para que le preste ayuda. Será un gran Jefe; pues, de lo contrario, se hubiera fijado más en mí».

–Mira –dijo Taffy, dibujando con brío, pero sin excesivo esmero–, ahora te he pintado a ti, y te he puesto en la mano la lanza que papá necesita, sólo para recordarte que has de traerla. Ahora te indicaré cómo has de encontrar el sitio donde vive mamá. Vas andando hasta que veas dos árboles (que son los que he pintado aquí), y luego subirás a un monte (éste es el monte que te digo) y llegarás a una marisma, muy llena de castores. No he puesto en el dibujo todos los castores, porque no sé dibujarlos, pero he pintado las cabezas, que es lo único que de ellos verás al cruzar la marisma. ¡Sobre todo, procura no caerte! Y luego, nuestra Caverna está precisamente al otro lado de la ciénaga de los castores. Por supuesto, la Caverna no es tan alta como los montes, pero ocurre que no sé pintar cosas chiquitas. Fuera está mamá. Es muy guapa. Es la mamá más guapísima que haya habido nunca, pero no se enfadará cuando vea que la he pintado tan corriente. Va a ponerse muy contenta porque sé dibujar. Ahora, por si se te olvida, he dibujado *fuera* de nuestra Caverna la lanza que papá necesita. Claro que está *dentro*, pero al enseñar el dibujo a mamá te la dará en seguida. La he pintado a ella con las manos en alto, porque sé lo contenta que va a ponerse cuando te vea. ¿Verdad que el dibujo es bonito? ¿Lo has comprendido bien o quieres que vuelva a explicártelo?

El Forastero (recuerda que era un Tewara) miró el dibujo y asintió repetidamente con la cabeza. Se dijo: «Si no traigo aquí la Tribu de ese gran Jefe para que le preste ayuda, van a darle muerte sus enemigos, que están llegando por todas partes con sus lanzas. ¡Ahora comprendo por qué el gran Jefe ha simulado no fijarse en mí! Temía que sus enemigos anduviesen ocultos en los matorrales y le viesen darme un mensaje. Por eso me volvió la espalda y dejó que la chiquilla sabia y asombrosa hiciera este terrible dibujo, para mostrarme el apuro en que se encuentra. Iré a buscarle la ayuda de su Tribu».

No se detuvo siquiera para preguntar a Taffy el camino, sino que echó a correr como el viento por entre la maleza, llevando en la mano la corteza de abedul, y Taffy se sentó, muy complacida.

–¿Qué hacías, Taffy? –preguntó Tegumai.

Ya había compuesto la lanza y la balanceaba cuidadosamente.

–Es una idea que se me ha ocurrido, papá guapo –contestó Taffy–. Si no te empeñas en hacerme preguntas, lo sabrás dentro de un rato y te llevarás la gran sorpresa. ¡No te imaginas qué sorpresa, papá! Te prometo que te asombrarás de veras.

–Bien, bien –dijo Tegumai.

Y empezó la pesca.

El Forastero (¿te has olvidado ya de que era un Tewara?) corrió varios quilómetros con el dibujo, hasta que, por pura casualidad, encontró a Teshumai a la entrada de su Caverna, conversando con otras damas neolíticas que habían llegado para compartir una comida primitiva. Taffy tenía gran parecido con Teshumai, sobre todo en la frente y los ojos; y el Forastero, como buen Tewara de pura raza, sonrió con gran cortesía y entregó a Teshumai la corteza de abedul. Tan veloz había sido su carrera, que jadeaba visiblemente, y las zarzas le habían arañado las piernas, pero, a pesar de todo, trató de mostrarse cortés.

Apenas Teshumai vio el dibujo, dio un gran chillido y huyó del Forastero. Las demás damas neolíticas lo derribaron en seguida a porrazos y se sentaron sobre él, formando una larga hilera de seis personas, mientras Teshumai le tiraba del pelo.

–La cosa es tan clara y visible como la nariz de este Forastero –dijo–. Ha acribillado a mi Tegumai con muchas lanzas y ha espantado a Taffy de tal modo que tiene todo el cabello erizado; y, no contento con esto, me trae este horrible dibujo para que vea cómo realizó su hazaña. ¡Mirad!

Y mostró el dibujo a todas las damas neolíticas que se sentaban pacientemente sobre el Forastero.

–Aquí está mi Tegumai con el brazo roto –prosiguió Teshumai–; aquí la lanza clavada en su hombro; aquí el hombre a punto de arrojarle la lanza; aquí otro hombre que saca una lanza de una Caverna, y aquí una multitud (en realidad eran castores, pero más parecían personas) que viene detrás de Tegumai. ¿Verdad que es raro?

–¡Rarísimo! –exclamaron las damas neolíticas, y cubrieron de barro el pelo del Forastero (lo que le causó no poca sorpresa), empezaron a batir los relucientes Tambores Tribales y convocaron a todos los Jefes de la Tribu de Tegumai, con sus Atamanes y Dolmanes y todos los Negus y Caciques de la comarca, además de los Brujos, Hechiceros y Bonzos, quienes decidieron que, antes de decapitar al Forastero, éste había de guiarlos camino abajo, hasta el río, y mostrarles dónde había escondido a la pobre Taffy.

Entonces el Forastero, a pesar de ser un buen Tewara, se sintió bastante molesto. Le habían cubierto de barro el cabello; lo habían hecho rodar arriba y abajo sobre puntiagudos guijarros; se le habían sentado encima, formando una larga hilera de seis personas; le habían aporreado y vapuleado hasta que casi perdió el aliento; y, aunque no comprendía su lenguaje, estaba casi seguro de que las palabrejas que le dedicaban las damas neolíticas nada tenían de cortés. Sin embargo, guardó silencio hasta que estuvo reunida toda la Tribu de Tegumai, y entonces los guió hasta la orilla del río Wagai, donde encontraron a Taffy haciendo guirnaldas de margaritas y a Tegumai atravesando cuidadosamente a las carpas chiquitas con la lanza arreglada.

–¡Bravo! Has ido muy de prisa –dijo Taffy–. Pero ¿por qué traes a tanta gente? Papá guapo, ésta es la sorpresa que te dije. ¿No estás asombrado, papá?

–Mucho –dijo Tegumai–, pero esto me estropea la pesca del día. ¡Caramba! Toda la Tribu, simpática, amable, cariñosa, aseada y pacífica, está ahí, Taffy.

Y así era, en efecto. Iban en vanguardia Teshumai y las damas neolíticas llevando muy agarrado al Forastero, quien traía el cabello lleno de barro (a pesar de ser un Tewara). Tras ellos iban el Gran Jefe, el Vicejefe y los Jefes Delegados y Auxiliares (todos ellos armados hasta los dientes), los Atamanes y Centuriones, los Pelotoneros con sus pelotones respectivos y los Dolmanes con sus destacamentos; seguían los Hechiceros, Negus y Brujos (igualmente armados hasta los dientes). En pos de ellos iba la Tribu entera, según su orden jerárquico, desde los que poseían cuatro cavernas «una para cada estación del año», un acotado con renos y dos cascadas de las que usan los salmones para saltar, hasta los siervos feudales de saliente mandíbula, que apenas tenían derecho a usar la mitad de una piel de oso en las noches invernales, y eso a siete metros de la lumbre, y los siervos del terruño, que debían pagar como tributo a sus señores un espinazo a medio roer (¿verdad que son bonitas estas palabras, hijo mío?). Allí estaban todos, haciendo cabriolas y lanzando estentóreos gritos, y asustaban a todos los peces en quince quilómetros a la redonda; pero Tegumai les dio las gracias con una perorata neolítica, pues tenía la palabra muy fácil.

Luego Teshumai bajó corriendo y besó y abrazó muchas veces a Taffy; pero el Gran Jefe de la Tribu de Tegumai agarró a éste por las plumas que llevaba en el moño y lo sacudió de veras.

–¡Explícate! ¡Explícate! ¡Explícate! –gritó toda la Tribu de Tegumai.

–¡Válgame mi estrella! –exclamó Tegumai–. ¡Suéltame el moño! ¿No puede uno romper la lanza de las carpas sin que todo el mundo se le eche encima? Sois gente entrometida, os lo aseguro.

–Y, en fin de cuentas, no creo que traigáis la lanza de papá, la del puño negro –observó Taffy–. ¿Y qué le estáis haciendo al bueno de mi Forastero?

Le iban aporreando en grupos de dos, de tres y diez personas, hasta que los ojos le daban vueltas como una peonza. Pero el pobre no podía hacer otra cosa sino abrir mucho la boca y señalar con el dedo a Taffy.

–¿Dónde está esa gente mala que te acribilló, maridito? –preguntó Teshumai.

–No sé de qué gente me hablas –contestó Tegumai–. Esta mañana no he recibido más visita que la de ese desgraciado al que tratáis de estrangular. ¿Estás o no en tus cabales, oh Tribu de Tegumai?

–Nos trajo un dibujo que daba miedo –dijo el Gran Jefe–, un dibujo en el que estabas tú, con muchas lanzas en el cuerpo.

–Ejem... ejem... Será mejor que lo explique. Fui yo quien le dio ese dibujo –dijo Taffy, pero se sentía bastante inquieta.

–¡Tú! –gritó al unísono toda la tribu de Tegumai–. Criatura-sin-modales-que-merece-buenas-zurras... Conque fuiste tú?

–Taffy, hijita, creo que vamos a pasar un mal rato –dijo su papá, y la ciñó con el brazo, de modo que ella no tuvo ya ningún miedo.

–¡Explícate! ¡Explícate! ¡Explícate! –dijo el Gran Jefe de la Tribu de Tegumai, saltando a la pata coja.

–Quería que el Forastero nos trajese la lanza de papá: por eso hice el dibujo –explicó Taffy–. No hay en él muchas lanzas. Hay sólo una. La dibujé tres veces para asegurar la cosa. No pude evitar que pareciera estar clavada en la cabeza de papá, pues en la corteza de abedul no me quedaba sitio; todas estas cosas a las que mamá llama gente mala, son castores. Los dibujé para que diera con el camino a través de la marisma; y dibujé a mamá a la entrada de la Caverna, muy alegre porque viene el Forastero amable... y creo que sois la gente más boba del mundo –dijo Taffy–. Es un buen hombre. ¿Por qué le habéis llenado de barro el cabello? ¡A lavarle en seguida!

Todos callaron un buen rato, hasta que el Gran Jefe se echó a reír; luego el Forastero (que era, eso sí, un Tewara) soltó también el trapo, y Tegumai se rió con tales carcajadas que al fin se quedó tendido en la orilla; también los coreó la Tribu entera, con risotadas cada vez más estentóreas. Las únicas que no se echaron a reír fueron Teshumai y las otras damas neolíticas. Se mostraron muy corteses con sus maridos y los llamaron «idiota» más de una vez.

Luego el Gran Jefe de la Tribu de Tegumai dijo y cantó a grandes voces:

–¡Oh Critatura-sin-modales-que-mereces-buenas-zurras, has hecho un gran invento!

–Pues no me lo proponía –dijo Taffy–; sólo quería la lanza de papá, la del puño negro.

–No importa. Es un gran invento, y algún día los hombres lo llamarán escribir. De momento, no son más que dibujos y, según hoy hemos podido comprobar, los dibujos no se interpretan siempre con acierto. Pero llegará un tiempo, ¡oh Chiquilla de Tegumai!, en que haremos letras –hasta el número de veintiséis–, y podremos leer lo mismo que escribir, y entonces diremos siempre exactamente lo que queramos, sin dar lugar a dudas. Y ahora, que las damas neolíticas laven el pelo del Forastero y le quiten el barro.

–Casi merecías lo del barro –dijo Taffy–, pues, al fin y al cabo, aunque has traído todas las lanzas de la Tribu de Tegumai, has olvidado la lanza de papá, la que tiene el puño negro.

Luego el Gran Jefe dijo y cantó a grandes voces:

–Taffy, hijita, cuando vuelvas a escribir una de esas cartas de dibujos será preferible que la mandes con un hombre que sepa hablar nuestra lengua, para explicar lo que significa. Lo ocurrido no me importa, porque soy el Gran Jefe, pero resulta muy molesto para el resto de la Tribu de Tegumai y según puedes ver, ha causado gran sorpresa al Forastero.

Después adoptaron al Forastero (que era un auténtico Tewara de Tewar) y quedó incorporado a la Tribu de Tegumai, pues era todo un caballero y no dio mucha importancia a lo del barro con que las damas neolíticas le embadurnaron el cabello. Pero desde aquel día –y me figuro que Taffy tuvo la culpa– ha habido muy pocas niñas a quienes gustase aprender a leer o escribir. La mayoría prefieren hacer dibujos y andar jugueteando con su papá... lo mismo que Taffy.

Entre Guilford y el río Wey
hay un camino olvidado
que serpentea por las colinas
y se pierde al otro lado.

Allí los antiguos britanos
esperaban expectantes
las caravanas de fenicios
con mercancías de Levante.

Y a ese lugar, más o menos,
iban a efectuar sus trueques,
abalorios por azabache,
estaño por sacos de nueces.

Pero en tiempos aún más remotos
–tiempos de bisontes en manada–,
allá arriba, en esa colina,
tenía Taffy su morada.

Bien cerca de una ciénaga
–donde hoy está Bramley–
y del bosque de los osos,
al lado mismo de Shamley.

El Wey era más caudaloso
y Taffy lo llamaba Wagai.
¡Era digna de verse, entonces,
la Tribu de los Tegumai!

CÓMO SE HIZO
EL ALFABETO

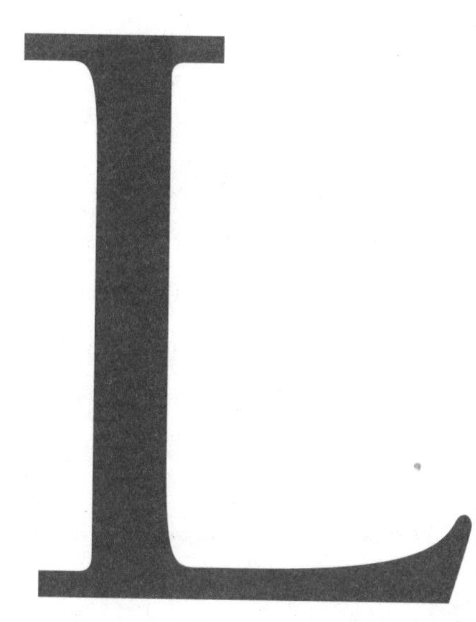

A SEMANA SIGUIENTE a aquella en que Taffimai Metallumai –a quien, hijo mío, seguiremos llamando Taffy– cometió el pequeño error de lo de la lanza de su papá, el Forastero y la carta de dibujos, se fue otra vez a pescar carpas con su padre. Su mamá quería que se quedase en casa, para ayudarla a colocar pieles en las recias pértigas del secadero que tenían dispuesto en la parte exterior de su Caverna neolítica; pero Taffy se deslizó, muy de mañanita, camino abajo, al encuentro de su papá, y se dedicaron a la pesca. Al poco rato empezó a reír por lo bajo, y su padre le dijo:

–No seas tonta, chiquilla.

–Pero ¡qué emocionante era! –dijo Taffy–. ¿No te acuerdas de cómo el Gran Jefe infló los carrillos y de lo gracioso que resultaba el buen Forastero con todo el pelo cubierto de barro?

–Ya lo creo que me acuerdo –contestó Tegumai–. Tuve que pagar al Forastero dos pieles de ciervo, de las blandas y festoneadas, por lo que le hicimos.

–¡Pero si nosotros no le hicimos nada! –exclamó Taffy–. Lo hicieron mamá y las otras damas neolíticas... además del barro.

–No hablemos más de eso –dijo su papá–. Creo que es ya hora de comer.

Taffy cogió un hueso medular y estuvo sentada, silenciosa como un ratoncillo, por espacio de diez minutos, mientras su papá iba trazando líneas en trozos de corteza de abedul, sirviéndose de un diente de tiburón.

–Oye, papá –dijo, al cabo, la niña–, he ideado una sorpresa secreta. Haz algún sonido con la boca..., cualquier sonido.

–¡Ah! ¡Ah! ¡Ah! –dijo el padre–. No seas pesada, hija mía.

De veras que no quiero molestarte –dijo Taffy–. Esto forma parte de la sorpresa secreta que he ideado. Di «¡Ah!», por favor, papá; quédate un rato sin cerrar la

boca y préstame ese diente. Voy a dibujar una boca de carpa muy abierta.

–¿Para qué? –preguntó su papá.

–¿No lo ves? –dijo Taffy dibujando en la corteza–. Ésta será nuestra pequeña sorpresa secreta. Cuando dibuje una carpa con la boca abierta, si lo permite mamá, en el fondo de nuestra Caverna, donde la roca está más tiznada por el humo, te recordará este sonido: «¡Ah!». Entonces jugaremos a que doy un brinco en la oscuridad y te sorprendo con ese sonido... lo mismo que hicimos el otro invierno en la marisma de los castores.

–¿De veras? –preguntó su papá con el tono de voz que suelen usar los adultos cuando prestan verdadera atención–. Sigue, sigue, Taffy.

–¡Oh, qué lástima! –exclamó ella–. No sé dibujar la carpa, pero por lo menos me ha salido algo que parece la boca del pez. ¿No recuerdas que están, a veces, de cabeza, como arraigadas en el limo? Bueno, eso es una carpa simulada, y jugaremos a que está dibujada enterita. Pero aquí sólo hay la boca, y significa «¡Ah!». –Y la niña dibujó la figura 1.

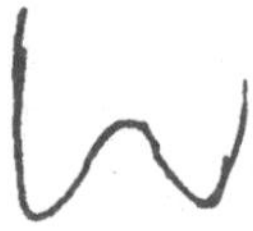

(1)

–No está del todo mal –dijo Tegumai, y dibujó disimuladamente en su corteza–, pero has olvidado el palpo que le cuelga en la boca.

–Es que apenas sé dibujar, papá.

–No has de dibujar nada del pez, salvo la boca abierta y el palpo que la cruza. Así sabremos que se trata de una carpa, pues las percas y las truchas no tienen palpo alguno. Mira, Taffy. –Y dibujó la figura 2.

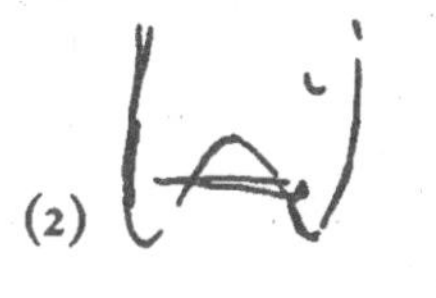
(2)

–Voy a copiarlo –dijo Taffy–. ¿Comprenderás esto cuando lo veas? –Y dibujó la figura 3.

(3)

–Perfectamente –asintió su papá–. Cuando lo vea, en cualquier parte, quedaré tan sorprendido como si tú brincaras, saliendo del escondite que tenías detrás del árbol, y dijeras: «¡Ah!».

–Ahora, haz otro sonido –suplicó Taffy, muy orgullosa de su idea.

–¡Ya! –dijo su papá en voz muy alta.

–¡Hum! –comentó Taffy–. Eso es un sonido mezclado. El final es el «¡Ah!» de la boca de carpa; pero ¿qué podemos poner primero? Y... *y*... *y*... con ¡ah!... ¡*Ya!*

–Se parece mucho al sonido de la boca de carpa. Dibujemos otro trozo de carpa y unámoslo –dijo su papá, que estaba también muy entusiasmado.

–No. Si van juntos lo olvidaré. Hazlos separadamente. Dibuja la cola del pez. Si se sostiene con la cabeza, lo primero que se ve es la cola. Además, creo que las colas me resultan mucho más fáciles –dijo Taffy.

–Has tenido una buena idea –asintió Tegumai–. Aquí tienes una cola de carpa, que servirá para el sonido «Ya». –Y dibujó la figura 4.

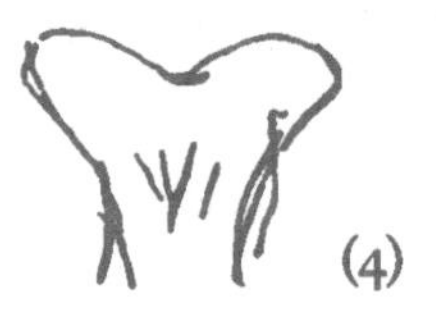
(4)

–Voy a intentarlo –dijo Taffy–. Acuérdate, papaíto, de que no sé dibujar como tú. ¿Bastará con que dibuje la parte donde la cola se divide y que trace sólo una ramita para indicar dónde se une? –Y dibujó la figura 5.

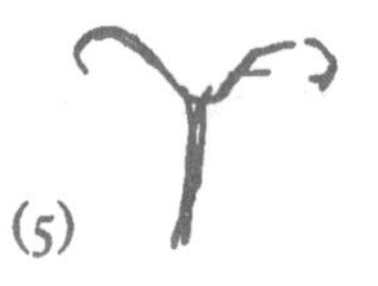
(5)

Su papá asintió con la cabeza. Los ojos le brillaban de puro entusiasmo.

–¡Magnífico! –dijo ella–. Ahora haz otro sonido, papá.

–¡Oh! –dijo el padre alzando la voz.

–Esto es muy fácil –observó Taffy–. Se te pone la boca muy redonda, como un huevo o un guijarro. Bastará, pues, un huevo o un guijarro para indicar este sonido.

–Huevos y guijarros se encuentran en todas partes –dijo Tegumai–. Tendremos que dibujar una cosa redonda como ellos. –Y trazó la figura 6.

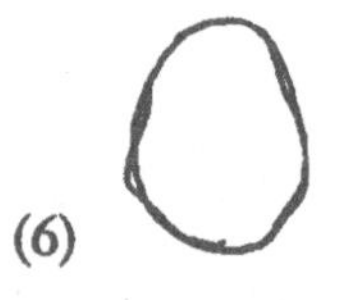
(6)

–¡Cáspita! –exclamó Taffy–. ¡Cuántos dibujos-sonidos hemos hecho ya! Boca de carpa, cola de carpa y huevo. Ahora, papá, haz otro sonido.

–¡Ssss! –dijo su papá frunciendo el entrecejo.

Pero Taffy estaba demasiado entusiasmada para notarlo.

–Eso es facilísimo –dijo ella dibujando en la corteza.

–¿Eh? ¿Cómo dices? –preguntó su papá–. Estaba reflexionando, ¿sabes?, y no quería que me interrumpieras.

–Bueno, sea como fuere, lo que has hecho es un sonido. Es el ruido que hace la serpiente, papá, cuando está reflexionando y no quiere que la interrumpan. Ese sonido «Ssss» lo dibujaremos como una serpiente. ¿Te parece bien así? –Y dibujó la figura 7.

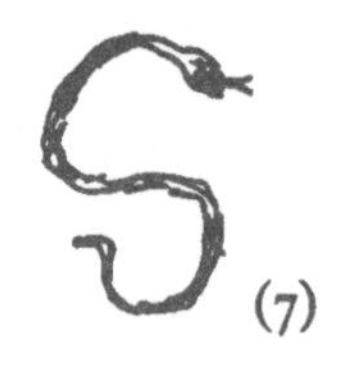
(7)

–Bueno –prosiguió ella–. Ésta es otra sorpresa secreta. Cuando dibujes una serpiente silbante junto a la puerta de tu caverna chiquita, donde compones las lanzas, sabré que reflexionas, y estaré más callada que un ratón. Y si la dibujas en un árbol, junto al río, cuando estés pescando, sabré que deseas verme andar a la chita callando, para que no retiemble la orilla.

–¡Exactísimo! –exclamó Tegumai–. Este juego tiene más sustancia de lo que te figuras. Taffy, chiquilla, creo que la hija de tu papá ha acertado la cosa más bonita que se haya ideado desde que la Tribu de Tegumai empezó a usar dientes de tiburón en vez de pedernales para la punta de las lanzas. Me figuro que hemos dado con el *gran secreto* del mundo.

–¿Por qué? –dijo Taffy. Y tenía también los ojos chispeantes, de pura emoción.

–Voy a demostrártelo –dijo su papá–. ¿Cómo se llama el agua en el lenguaje de Tegumai?

–Se llama *ya,* naturalmente, y también significa «río»: como Wagai-ya, el río Wagai.

–¿Y cómo llamamos al agua mala, aquella que nos da calentura si la bebemos..., el agua negra, el agua de las marismas?

–*Yo,* por supuesto.

–Pues fíjate bien –prosiguió su padre–. Supón que ves

esto dibujado junto a una charca, en la marisma de los castores... –Y dibujó la figura 8.

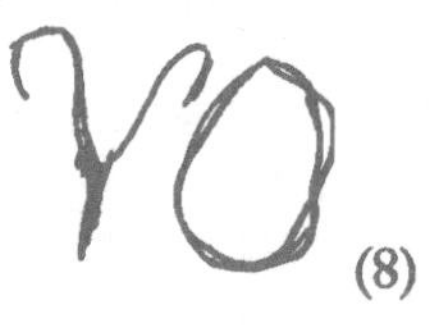

–Cola de carpa y huevo redondo. ¡Dos sonidos mezclados! *Yo,* «agua mala» –dijo Taffy–. Por supuesto, no bebería de esa agua, por decir tú que era mala.

–Pero no sería necesario que estuviese yo junto al agua. Podría estar a muchos quilómetros, cazando, y, sin embargo...

–Y, sin embargo, sería lo mismo que si estuvieras allí y me dijeras: «Quítate de ahí, Taffy, si no quieres pillar la calentura». ¡Y todo esto en una cola de carpa y un huevo redondo! ¡Oh, papá, hemos de decirlo a mamá en seguida! –Y Taffy empezó a bailotear en torno a su padre.

–Todavía no –repuso Tegumai–; hemos de adelantar algo más. Veamos. *Yo* es «agua mala», pero *so* es «comida cocida a la lumbre», ¿no es eso? –Y dibujó la figura 9.

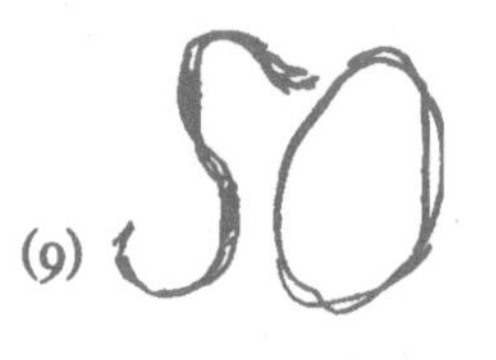

–Sí: serpiente y huevo –asintió Taffy–. Quiere decir, pues, que la comida está servida ya. Si vieses esto dibujado en el tronco de un árbol sabrías que ya es hora de regresar de la Caverna. Y lo mismo me ocurriría a mí.

–¡Hijita del alma! –dijo Tegumai–. También eso es verdad. Pero aguarda un poco. Veo una dificultad. *So* significa «Ven a cenar», pero *sho* significa las pértigas del secadero, donde colgamos las pieles.

–¡Malditas pértigas! –exclamó Taffy–. Me molesta soberanamente ayudar a colgar en ellas esas pieles pesadas, calientes y peludas. Si dibujaras la serpiente y el huevo, y me figurara que te referías a la cena; regresase del bosque y, una vez en la Caverna, viese que de lo que se trata es de ayudar a mamá a colgar las pieles en las pértigas del secadero, ¿qué sucedería?

–Pues... que te enfadarías. Y lo mismo ocurriría con mamá. Para *sho* hemos de hacer otro dibujo. Hemos de dibujar una serpiente moteada, de las que al silbar hacen *sh-sh...*, y jugaremos a que la serpiente común sólo hace sss...

–Resultaría difícil lo de las manchas –dijo Taffy–. Y tal vez, si tuvieses prisa, te las olvidarías, y yo me figuraría que es *so* en vez de *sho,* y entonces mamá me pillaría lo mismo. ¡No! Creo que lo mejor sería dibujar esas horribles pértigas tal como son, y así estaremos seguros.

La pondré inmediatamente después de la serpiente que silba. ¡Mira! –Y dibujó la figura 10.

(10)

–Tal vez esto resulte más seguro. En todo caso, se parece muchísimo a las pértigas del secadero –dijo su papá riendo–. Ahora voy a dibujar un nuevo sonido poniendo la serpiente y las pértigas. Diré *shi*. En el lenguaje de Tegumai quiere decir «lanza», Taffy. –Y se echó a reír otra vez.

–No te burles de mí –dijo Taffy, acordándose de la carta con dibujos y del barro con que cubrieron el pelo del Forastero–. Ahora eres *tú* quien la dibuja, papá.

–Esta vez no vamos a poner castores ni montes, ¿verdad? –preguntó el padre–. Para representar la lanza dibujaré una línea recta. –Y dibujó la figura 11–. Ni siquiera mamá dejaría de comprender esto: que me han matado.

(11)

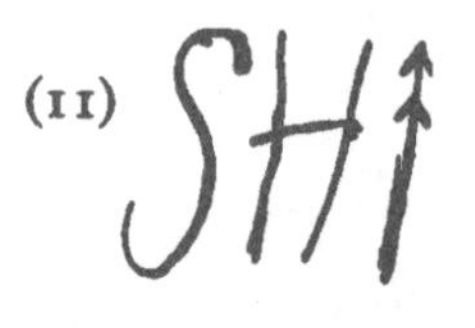

–¡No lo dibujes, papá, *por favor*! Me pone nerviosa. Haz más sonidos. Nos va saliendo a pedir de boca.

–¡Ejem! –dijo Tegumai alzando la vista–. Diremos *shu*. Significa «cielo».

Taffy dibujó la serpiente y las pértigas. Luego se detuvo.

–Hemos de hacer otro dibujo para el sonido final, ¿no es eso? –propuso la niña.

–¡*Shu-shu-u-u-u!* –dijo papá–. ¡Cáspita! Es como el sonido del huevo redondo, pero más suave.

–¿Y si dibujamos un huevo y simuláramos que es una rana que lleva muchos años sin comer?

–¡De ningún modo! –exclamó el papá–. Si lo dibujáramos alguna vez apresuradamente, podríamos confundirlo con el huevo. ¡*Shu-shu-shu!* Voy a decirte lo que hay que hacer. Haremos un agujerito en lo alto del huevo, para que se vea que el sonido «*o*» se escapa por allí, y se hace más suave... *u-u-u*... Así. –Y dibujó la figura 12.

(12)

–¡Oh! ¡Qué bonito! Está mucho mejor que una ranita flaca. Sigue, sigue, papá –dijo Taffy dibujando con el diente de tiburón.

Su padre siguió dibujando: la mano le temblaba de emoción. Y trazó signos hasta que hubo dibujado la figura 13.

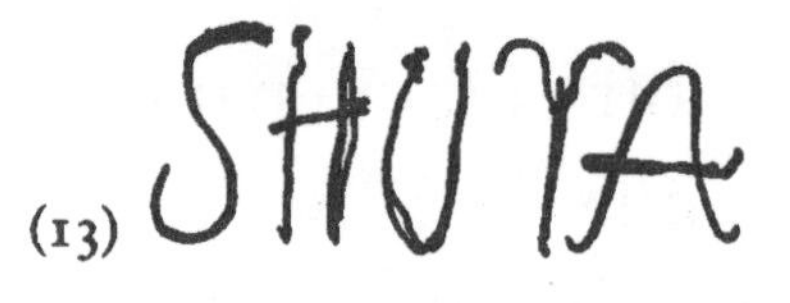
(13)

–No levantes los ojos, Taffy –dijo–. Procura entender lo que esto significa en el lenguaje de Tegumai. Si lo consigues habremos dado con el Secreto.

–Serpiente... pértigas... huevo agujereado... cola de carpa y boca de carpa –dijo Taffy–: Shu-ya. Cielo-agua (lluvia).

En aquel momento le cayó una gota en la mano, pues el cielo estaba encapotado.

–¡Oh, papá! –prosiguió la niña–. Está lloviendo. ¿Es esto lo que querías decirme?

–Naturalmente –contestó su padre–. Y te lo he dicho sin abrir siquiera la boca, ¿no es eso?

–Bueno; me figuro que lo hubiera comprendido pronto, pero la gota de lluvia me lo ha hecho ver en seguida. Lo recordaré ya siempre. *Shu-ya* significa «lluvia» o «va a llover». ¡Cáspita, papá! –Se levantó y bailoteó–. Supón que tú salieras antes de estar yo despierta y dibujases *shu-ya* en el hollín de la Caverna; sabría que amenaza lluvia y tomaría la caperuza de piel de castor. ¡Qué sorpresa se llevaría mamá!

Tegumai se puso también en pie y bailoteó como la niña. (A los papás, en aquellos remotos días, no les importaba hacer tales cosas.)

–¡Hay más aún! ¡Hay más aún! –exclamó–. Supón que lo que quiero decirte es: «No va a llover mucho, y debes bajar hasta el río». ¿Qué dibujarías? Primero, dilo en la lengua de Tegumai.

–*Shu-ya las, ya maru.* (Cielo-agua, acaba. Río, ven.) ¡Cuántos sonidos! No sé cómo vamos a dibujarlos.

–¡Yo sí! ¡Yo sí! –exclamó Tegumai–. Atiende sólo un minuto, Taffy, y, por hoy, ya no haremos más. Tenemos *shu-ya,* ¿no es eso? Pero ese *las* es un fastidio. *¡La-la-la!* –Y agitó su diente de tiburón.

–Tenemos al final la serpiente que silba, y la boca de carpa antes de la serpiente... *as-as-as...* Sólo nos falta el *la-la* –dijo Taffy.

–Ya lo sé; pero ese *la-la* aún hemos de dibujarlo. ¡Y somos las primeras personas del mundo que lo intentan, Taffimai!

–Bueno –dijo Taffy bostezando, pues estaba bastante cansada–. *Las* significa «romper» además de «acabar», ¿no es eso?

–Así es –asintió Tegumai–. *Yo-las* significa que no hay ya agua en la cisterna, de la que usa mamá para cocinar... precisamente cuando salgo de caza.

–Y *shi-las* quiere decir que se te ha roto la lanza. ¡Si al menos se me hubiese ocurrido eso, en vez de hacer para el Forastero aquellos dibujos tan tontos de castores!

–*¡La! ¡La! ¡La!* –dijo Tegumai agitando su bastoncillo y frunciendo el ceño–. ¡Qué fastidio!

–Hubiera dibujado el *shi* muy fácilmente –prosiguió Taffy–. Luego hubiera representado tu lanza rota... ¡así! –Y dibujó la figura 14.

(14)

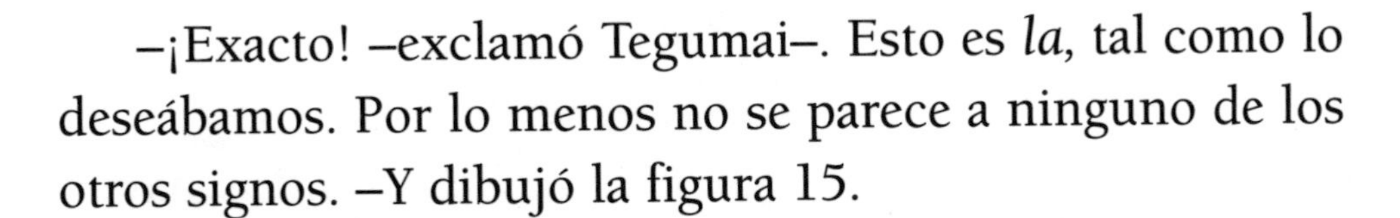

–¡Exacto! –exclamó Tegumai–. Esto es *la,* tal como lo deseábamos. Por lo menos no se parece a ninguno de los otros signos. –Y dibujó la figura 15.

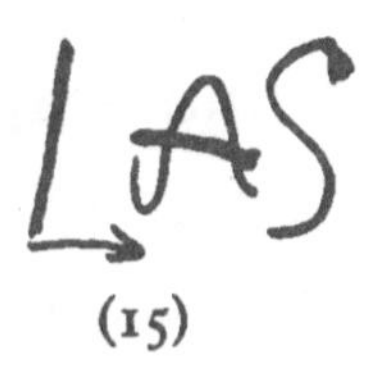

(15)

–Ahora, el *ya*. ¡Oh! Ya lo hemos dibujado antes. Ahora, *maru. Ma-ma-ma...* cuando uno dice *ma,* cierra la boca, ¿no es eso? Dibujaremos la boca cerrada... así. –Y dibujó la figura 16.

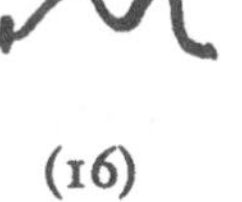

(16)

–Luego la carpa con la boca abierta. Eso nos da *¡Ma-ma-ma!* Pero ¿querrás decirme cómo vamos a hacer eso de *rrrrr,* Taffy?

–Suena áspero y puntiagudo, como tu sierra de dientes de tiburón cuando preparas una tabla para tu canoa –dijo Taffy.

–¿Quieres decir que tiene las puntas afiladas, así? –preguntó Tegumai. Y dibujó la figura 17.

(17)

–Exactamente –asintió Taffy–. Pero no nos hacen falta tantos dientes: pon sólo dos.

–No pondré más que uno –dijo Tegumai–. Si nuestro juego llega a ser lo que me figuro, cuanto más sencillos hagamos los dibujos de los sonidos, mejor para todo el mundo. –Y dibujó la figura 18.

(18)

–¡Ya está! –prosiguió Tegumai, sosteniéndose con una sola pierna–. Lo voy a dibujar formando una ristra, como los pescados.

–¿No sería mejor que pusiéramos un bastoncito o algo así entre las palabras, para que no rozasen, como hacemos con las carpas?

–¡Oh! Para eso dejaré un poco de espacio –dijo el papá. Y, muy excitado, dibujó, sin detenerse, todos los signos en otro gran pedazo de corteza de abedul, formando la figura 19.

(19)

–*Shu-ya-las ya-maru* –dijo Taffy leyéndolo en voz alta, sonido tras sonido.

–Basta ya por hoy –dijo Tegumai–. Además, Taffy, estás algo cansada. No te preocupes, hijita. Mañana lo terminaremos, y luego se acordarán de ti y de mí años y años, mucho después de que todos esos árboles tan altos que ves ahí hayan sido cortados y convertidos en leña para la lumbre.

Regresaron, pues, a su morada, y durante toda la velada estuvo Tegumai sentado a un lado del hogar, y Taffy en la parte opuesta, mientras ambos dibujaban *yas* y *yos* y *shus* y *shis* en la roca ahumada, dedicándose disimuladas risitas, hasta que mamá dijo:

–Tegumai, eres tan niño como mi Taffy.

–No te enfades –dijo Taffy–. No es más que nuestra sorpresa secreta, mamaíta, y te lo contaremos todo en cuanto hayamos terminado; pero hazme el favor de no preguntar ahora de qué se trata, pues tendría que descubrirte el secreto.

Así pues, su mamá tuvo buen cuidado de no preguntárselo. Y al día siguiente, muy tempranito, Tegumai bajó hasta el río para imaginar nuevos dibujos de sonidos, y cuando Taffy se levantó, vio los signos *Ya-las* (el agua se acaba) dibujados con tiza en la gran cisterna de roca que estaba en la parte exterior de la caverna.

–¡Hum! –dijo Taffy–. Estos dibujos de sonido son un fastidio. Es como si papá hubiese venido en persona a decirme que vaya por agua para que mamá pueda cocinar.

Se fue al manantial que estaba en lo hondo de su morada y llenó la cisterna sirviéndose de un cubo de corteza de árbol, y luego bajó hasta el río y tiró de la oreja a su papá… pues le estaba permitido cuando se portaba como una buena niña.

–Ven aquí; vamos a dibujar todos los sonidos que faltan –dijo su padre.

Y pasaron un día divertidísimo, sin que les faltara un sabrosísimo almuerzo ni tiempo para jugar.

Cuando llegaron a la *T*, Taffy dijo que, como su nombre y el de su papá y su mamá empezaban con este sonido, dibujaría una especie de grupo familiar de los tres, cogidos de las manos. Iba muy bien cuando lo dibujaron una o dos veces; pero a la sexta o la séptima, Taffy y Tegumai lo trazaron con mucho menos esmero, hasta que, al fin, el signo correspondiente a la *T* no fue más que un Tegumai muy flaco y larguirucho, con los brazos abiertos para sostener a Taffy y a Teshumai. Por las figuras 20, 21 y 22 verás, en parte, lo que ocurrió.

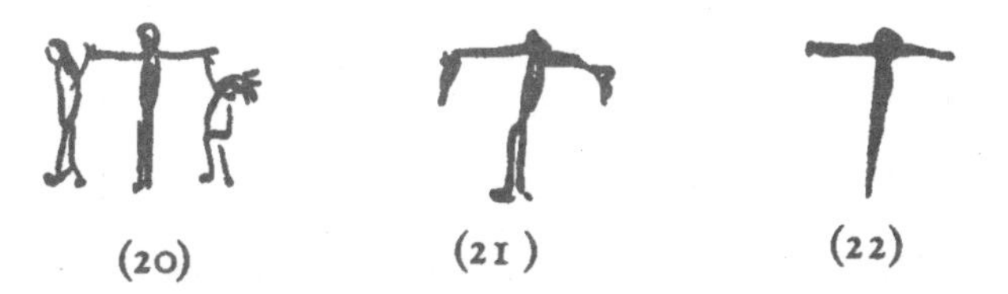

(20) (21) (22)

Muchos de los otros dibujos eran en extremo bonitos al empezar, especialmente antes del almuerzo; pero cuando los trazaron una y otra vez en la corteza del abedul, se convirtieron en más corrientes y fáciles, hasta que, al fin, el mismo Tegumai confesó que los encontraba impecables. Volvieron del revés la serpiente silbante para representar el sonido de la *Z*, queriendo significar que era como un silbo dirigido hacia dentro, de un modo suave y apagado (figura 23); dibujaron una especie de

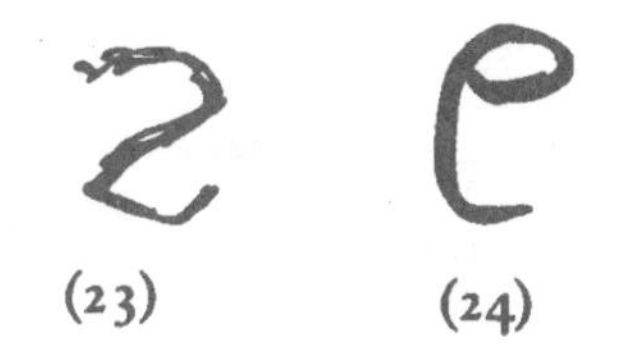

(23) (24)

nudo o vuelta para la *E*, porque salía a menudo en los dibujos (figura 24); trazaron varias veces la silueta del castor sagrado de la tribu de Tegumai para representar la *B* (figuras 25, 26, 27 y 28); y, por ser un sonido feo y

(25) (26) (27) (28)

nasal, dibujaron varias narices para representar la *N*, hasta cansarse (figura 29); y dibujaron la enorme boca del lucio de lago para el ávido sonido de la *G* (figura 30);

(29) (30)

y volvieron a dibujar la boca del lucio con una lanza detrás, para que equivaliera al sonido áspero e hiriente de la *K* (figura 31); y trazaron un poco del serpenteante río Wagai para representar el ondulante sonido de la *W* (figuras 32 y 33); y así fueron ideando y trazando signos

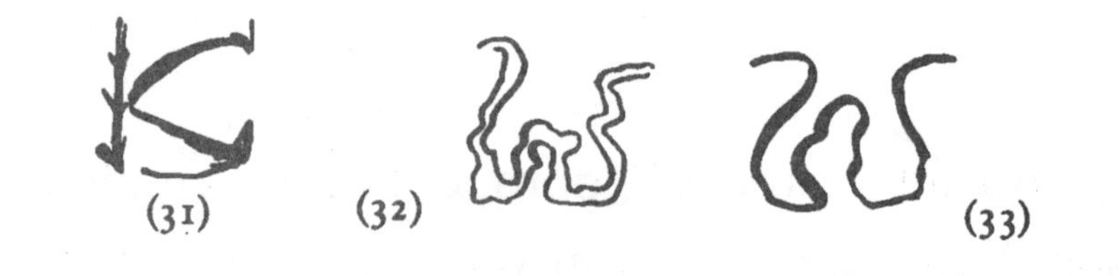

(31) (32) (33)

hasta tener todos los que necesitaban, con lo que lograron el Alfabeto entero.

Y tras millares y millares de años, después de todos los jeroglíficos y de las escrituras demóticas, nilóticas, crípticas, cúficas, rúnicas, dóricas, jónicas y demás zarandajas –pues los Hechiceros, Negus, Atamanes y otros Depositarios de la Tradición nunca dejan en paz las cosas buenas–, el viejo Alfabeto, hermoso y fácil, volvió a su forma primitiva, para que todos los niños lo aprendan cuando tengan la edad.

Pero yo recuerdo a Tegumai Bopsulai, a Taffimai Metallumai y a Teshumai Tewindrow; y recuerdo también aquellos días remotos. Y ocurrió así, precisamente así, como te lo he contado –hace ya mucho tiempo–, en las orillas del caudaloso Wagai.

La tribu de Tegumai Bopsulai
ya no vive en las colinas;
allá sólo quedan los cuclillos
y el sol y las veredas tranquilas.

Pero cada año, la primavera
alumbra los corazones ilesos:
Taffy la ha traído de vuelta
bailando entre los helechos.

Una diadema de hojas frescas
le sujeta los rizos del pelo;
sus ojos brillan como diamantes:
son azules, más azules que el cielo.

Vestida con pieles de ciervo
Taffy ríe, salta, corretea
y hace una hoguera con leña
húmeda para que su padre la vea.

Y así, de lejos, de muy, muy lejos,
de un tiempo remoto y ya olvidado
viene Tegumai, él solo, a encontrarse
con esa niña, su bien más preciado.

EL CANGREJO
QUE JUGÓ CON EL MAR

NTES DE LOS TIEMPOS REMOTOS, hijo mío, vino el tiempo de los Verdaderos Comienzos: era cuando el Más Viejo de los Magos estaba disponiendo las cosas. Primero dispuso la Tierra y luego el Mar; después de lo cual dijo a todos los animales que salieran y empezasen sus juegos. Y los animales le dijeron:

–¡Oh el Más Viejo de los Magos! ¿A qué vamos a jugar?

–Ahora voy a enseñároslo –les contestó.

Dijo al Elefante (el único que existía):

–Anda, y juega a ser un Elefante.

Y el único Elefante que existía empezó a jugar.

Luego llamó al único Castor, y le dijo:

–Anda y juega a ser un Castor.

Y el único Castor empezó su juego.

Hizo una seña a la Vaca (la única que en aquel tiempo existía en el mundo), y le habló así:

–Juega a ser una Vaca.

Y la única Vaca que había en la Tierra empezó a jugar.

Llamó luego a la Tortuga (en aquel entonces no existía más que una) y le ordenó:

–Anda y juega a ser Tortuga.

Y la única Tortuga empezó su juego.

Así llamó, uno tras otro, a todos los cuadrúpedos, pájaros y peces, y les dijo cómo debían jugar.

Pero hacia el atardecer, cuando la gente y las cosas están impacientes y cansadas, llegó el Hombre (¿con su hijita, tal vez? Sí, con su queridísima hijita sentada en un hombro) y dijo:

–¿Qué juego es ése, oh, el Más Viejo de los Magos?

Y el Más Viejo de los Magos le contestó:

–¡Oh hijo de Adán! Es el juego de los Verdaderos Comienzos; pero tú eres ya demasiado sabio para jugarlo.

Y el Hombre saludó con una reverencia y dijo:

–Sí, soy demasiado sabio para ese juego; pero procura que me obedezcan todos los animales.

Y he aquí que mientras los dos estaban conversando, Pau Amma, [illegible]grejo, el siguiente que había de participar en el juego, se escurrió a buen paso y se metió en el mar, diciendo para sí: «Jugaré mi juego solito en las aguas profundas, y nunca prestaré obediencia a ese hijo de Adán».

Nadie lo vio escaparse, salvo la niñita, que se sentaba en el hombro de su padre. Y el juego siguió, hasta que ya no quedaron animales sin recibir instrucción. El Más Viejo de los Magos sacudió la finísima arena que tenía en las manos y dio una vuelta por el mundo, para ver cómo jugaban los animales.

Fue hacia el Norte, hijo mío, y encontró al Elefante hurgando con sus colmillos y pataleando con sus enormes pies sobre la tierra nuevecita y limpia que para él se había dispuesto.

–*¿Kun?* –preguntó el Elefante, lo que significa: «¿Va bien el juego?».

–*Payah kun* –contestó el Más Viejo de los Magos, lo que quiere decir: «Está bien».

Sopló entonces sobre las gigantescas rocas y los grandes pedazos de tierra que había levantado el Elefante, y se convirtieron en el Monte Himalaya. Darás con él en el mapa, si lo sabes buscar.

Se dirigió luego hacia el Este, y encontró a la Vaca pa-

ciendo en el campo que para ella se había dispuesto, y, sacando la lengua, recogió todo un bosque, lo tragó y se echó en el suelo, para ir rumiando su bocado.

–¿*Kun?* –preguntó la Vaca.

–*Payah kun* –dijo el Más Viejo de los Magos.

Y soltó su aliento sobre el trozo yermo y el lugar donde había estado echada la Vaca, y el primero se convirtió en el Desierto de la India, y el segundo en el Sahara, que verás en el mapa, si lo buscas bien.

El Mago se dirigió entonces hacia el Oeste, y vio que el Castor estaba construyendo presas en la desembocadura de los anchurosos ríos que se habían dispuesto para él.

–¿*Kun?* –preguntó el Castor.

–*Payah Kun* –asintió el Más Viejo de los Magos.

Y sopló sobre los troncos caídos y el agua sosegada, los cuales se convirtieron en los Pantanos de Florida, que también podrás ver en el mapa.

Se dirigió luego hacia el Sur, y encontró a la Tortuga hurgando con sus aletas en la arena que se había dispuesto para ella, y la arena y las rocas salían despedidas por el aire, formando remolinos, y caían, muy lejos, en el mar.

–¿*Kun?* –preguntó la Tortuga.

–*Payah kun* –contestó el Más Viejo de los Magos.

Y soltó su aliento sobre la arena y las rocas caídas en el mar, que se convirtieron en hermosísimas islas:

Borneo, Célebes, Sumatra, Java y todo el archipiélago malayo. Te aseguro que en el mapa podrás verlas muy bien.

Al poco rato, el Más Viejo de los Magos encontró al Hombre en la orilla del río Perak.

–¡Oh hijo de Adán! –le dijo–. ¿Te prestan obediencia todos los animales?

–Sí –contestó el Hombre.

–¿Toda la Tierra te obedece?

–Sí –repitió el Hombre.

–¿Y también te obedece el Mar?

–No –dijo el Hombre–. Una vez durante el día y otra durante la noche, el Mar sube por el río Perak y obliga al agua dulce a retirarse hacia la selva, de modo que mi hogar se inunda; una vez durante el día y otra durante la noche, sube el Mar por el curso del río y se lleva consigo toda el agua, de modo que no queda más que el barro y se encalla mi canoa. ¿Es ése el juego que tú le ordenaste?

–No –dijo el Más Viejo de los Magos–. Ése es otro juego, y bastante feo.

–¡Mira! –dijo el Hombre.

Y, mientras lo decía, el ancho Mar subió por la desembocadura del río Perak, haciendo retroceder al río hasta que se desbordó por los sombríos bosques en un espacio de muchos quilómetros e inundó también la morada del Hombre.

–Esto está mal. Echa al agua tu canoa y veremos quién juega con el Mar –dijo el Más Viejo de los Magos.

Entraron en la canoa y fue también con ellos la niñita. El Hombre tomó su *kris* –que era una daga curva y ondulada, con la hoja como una llama– y bogaron por el río Perak. Entonces el Mar empezó a retirarse poco a poco, y la canoa se vio arrastrada hacia la desembocadura del río, y más allá de Selangor, de Malaca y Singapur, hasta la Isla de Bintang, como si tiraran de ella con una cuerda.

Entonces el Más Viejo de los Magos se puso en pie y dijo a grandes voces:

–¡Ea! Cuadrúpedos, pájaros y peces que tomé en mis manos en los Verdaderos Comienzos, y a quienes enseñé el juego que os correspondía, decidme: ¿cuál de vosotros juega con el Mar?

Y todos los cuadrúpedos, pájaros y peces dijeron a una:

–¡Oh el Más Viejo de los Magos! Todos jugamos al juego que nos enseñaste: nosotros y los hijos de nuestros hijos. Pero ninguno de nosotros juega con el Mar.

La Luna llena se alzó entonces, enorme, sobre las aguas, y el Más Viejo de los Magos dijo al corcovado anciano que está sentado en la Luna, hilando una cuerda para pescar, con la que confía coger un día la Tierra:

–¡Eh! ¡Pescador de la Luna! ¿Estás jugando con el Mar?

–No –contestó el Pescador–; estoy hilando una cuerda con la que algún día pescaré la Tierra; pero no juego con el Mar. –Y siguió hilando.

Pero en la Luna hay también un Ratón que roe sin descanso la cuerda del viejo Pescador, al mismo tiempo que éste la va hilando, y el Más Viejo de los Magos le preguntó:

–¡Eh! ¡Ratón de la Luna! ¿Juegas, acaso, con el Mar?

Y el Ratón dijo:

–Harta tarea me da ir royendo la cuerda que hila este viejo. No, no juego con el Mar. –Y siguió royendo.

Entonces la chiquilla alzó sus bracitos suaves y morenos, con lindos brazaletes de conchas blancas, y dijo:

–¡Oh el Más Viejo de los Magos! Cuando mi padre habló contigo en los Verdaderos Comienzos, y yo observaba desde su hombro, mientras decías a los animales cómo habían de jugar, una pícara bestia se escurrió Mar adentro antes de que pudieses enseñarle su juego.

Y dijo el Más Viejo de los Magos:

–¡Qué prudentes son los niños que ven las cosas y callan! ¿Y cómo era esa bestia?

–Era redonda y chata –contestó la niña–; tenía los ojos en la punta de unas antenas; andaba de lado... así; y cubría su lomo una recia coraza.

Y dijo el Más Viejo de los Magos:

–¡Qué prudentes son los niños que dicen la verdad! Ahora ya sé dónde se marchó Pau Amma. ¡Dame el remo!

Cogió, pues, el remo; pero no le fue preciso bogar, pues el agua los arrastró seguidamente más allá de todas las islas, hasta que alcanzaron un sitio llamado Pusat Tasek –o sea, Corazón del Mar–, donde está aquella tremenda sima que conduce al corazón del mundo y en la cual crece el Árbol Maravilloso, llamado Pauh Janggi, que produce los cocos gemelos.

Entonces, el Más Viejo de los Magos hundió el brazo hasta el hombro en el agua profunda y tibia, y bajo las raíces del Árbol Maravilloso tocó el enorme lomo de Pau Amma, el Cangrejo. Y Pau Amma, al notar que le tocaban, se agachó y creció el nivel de todo el Mar, del mismo modo que sube el agua cuando metes el brazo en una jofaina que la contiene.

–¡Ah! –dijo el Más Viejo de los Magos–. Ahora ya sé quién ha estado jugando con el Mar. –Y prosiguió, dando voces–: ¿Qué haces, Pau Amma?

Y Pau Amma, allá en lo hondo, contestó:

–Una vez durante el día y otra durante la noche salgo a buscar comida. Una vez durante el día y otra durante la noche vuelvo a mi morada. Déjame en paz.

Entonces dijo el Más Viejo de los Magos:

–Oye, Pau Amma. Cuando sales de tu caverna, las aguas del Mar se derraman hacia lo hondo de Pusat Tasek y todas las playas de todas las islas quedan secas, y muere el pez chiquitín, y a Raja Moyang Kaban, el rey de los Elefantes, se le ensucian los pies de barro. Cuando vuelves y te sientas en Pusat Tasek, se levantan las aguas del Mar, y la mitad de las pequeñas islas desaparecen bajo el agua, y se inunda la morada del Hombre, y a Raja Abdullah, el rey de los Cocodrilos, se le llena de agua salada la boca.

Pau Amma, allá en lo hondo, se echó a reír y dijo:

–De veras que no me figuraba ser personaje tan principal. Desde ahora saldré siete veces al día, y las aguas nunca estarán sosegadas.

Y dijo el Más Viejo de los Magos:

–No puedo hacerte jugar al juego que tenías que jugar, Pau Amma, porque huiste de mí en los Verdaderos

Comienzos; pero, si no tienes miedo, sube, y hablaremos de estas cosas.

–No, no tengo miedo –contestó Pau Amma.

Y subió hasta lo alto del Mar, en el claro de luna.

No había en el mundo nadie tan corpulento como Pau Amma, pues era el Cangrejo rey, el rey de todos los Cangrejos. No un Cangrejo común, sino un monarca. Con uno de los lados de su enorme caparazón tocaba las playas de Sarawak; con el otro rozaba los arenales de Pahang; y su talla era superior a la altura que alcanzaría el humo superpuesto de tres volcanes. Al levantarse entre las ramas del Árbol Maravilloso, desgajó uno de sus gigantescos frutos gemelos –los mágicos cocos de doble meollo, que poseen la virtud de rejuvenecer–, y la niña lo vio balancearse junto a la canoa, tiró del fruto y arrancó la corteza con sus menudas tijeras de oro.

–Ahora –dijo el Mago–, suelta algún hechizo, Pau Amma, para demostrar que eres de veras un personaje principal.

Pau Amma movió los ojos y agitó la patas, pero sólo logró que se rizase algo el Mar, pues, aunque era un Cangrejo rey, no era más que un Cangrejo. Y el Más Viejo de los Magos se echó a reír.

–En fin de cuentas, no eres tan principal como parecías, Pau Amma –dijo–. Ahora, deja que lo intente yo.

Hizo, pues, un gesto mágico con la mano izquierda –moviendo sólo el dedo meñique– y, ¡zas!, mira lo que ocurrió, hijo mío: la dura concha azul, verde y negra de Pau Amma se desprendió como la corteza de un coco, y

Pau Amma quedó con el cuerpo blando... lo mismo que esos cangrejos chiquitos que a veces, hijo mío, encuentras en la playa.

–Ya lo creo que eres un personaje principal –dijo el Más Viejo de los Magos–. ¿Pido al Hombre que te corte en pedazos con su *kris*? ¿Llamo a Raja Moyang Kaban, el rey de los Elefantes, para que te traspase con sus colmillos? ¿O pido a Raja Abdullah, el rey de los Cocodrilos, que venga a hincarte el diente?

Y Pau Amma dijo:

–¡Estoy avergonzado! Devuélveme mi concha y regresaré a Pusat Tasek, y sólo saldré una vez durante el día y otra durante la noche para buscar comida.

–No, Pau Amma –repuso el Más Viejo de los Magos–; no te devolveré tu concha, porque te harías más corpulento y te sentirías más orgulloso y fuerte, y tal vez te olvidarías de tu promesa y volvieras a jugar con el Mar.

Entonces dijo Pau Amma:

–¿Qué haré, pues? Soy tan corpulento que sólo puedo ocultarme en Pusat Tasek, y si voy a algún otro sitio, me devorarán. Y si vuelvo a Pusat Tasek, blando como estoy, aunque allí esté seguro, nunca podré salir para buscar comida, de modo que, al fin, me moriré de hambre. –Y agitó las patas, lanzando un gemido.

–Oye, Pau Amma –le dijo el Más Viejo de los Magos–. No puedo ya hacerte jugar al juego que te correspondía, porque huiste de mí en los Verdaderos Comienzos; pero, si quieres, haré que todas las piedras y todos los agujeros y los matojos de hierba de todos los mares sean refugio tan seguro como Pusat Tasek para ti y para tus hijos, por siempre jamás.

–Bien está –dijo Pau Amma–, pero aún no me decido. ¡Mira! Ahí está ese Hombre, que habló contigo en los Verdaderos Comienzos. A no ser porque te absorbió la atención y, cansado de esperar, me di a la fuga, nada de eso habría ocurrido. ¿Qué hará *él* por mí?

–Si quieres –dijo el Hombre–, soltaré un hechizo, de modo que el agua profunda y la tierra seca os sirvan de morada a ti y a tus descendientes, y podréis ocultaros lo mismo en tierra que en mar.

Y dijo Pau Amma:

–No me decido aún. ¡Mira! Ahí está esa niña que me vio huir en los Verdaderos Comienzos. Si entonces hubiese hablado, el Más Viejo de los Magos me hubiese hecho retroceder, y nada de eso hubiera sucedido. ¿Qué hará *ella* por mí?

Y dijo la niñita:

–Este coco que estoy comiendo es muy sabroso. Si quieres, soltaré un hechizo y te daré estas tijeras, que son muy fuertes y afiladas, para que tus hijos puedan comer cocos como éste durante todo el día, cuando subáis a tierra desde el mar; y podrás cavarte tú mismo un Pusat Tasek con las tijeras cuando no haya en las cercanías ninguna piedra ni agujero para esconderse; y, si la tierra está demasiado dura, con estas mismas tijeras podrás subirte a un árbol.

–No me decido aún –dijo Pau Amma–, pues, blando como estoy, esos dones no me servirán de mucho. Devuélveme mi concha, ¡oh el Más Viejo de los Magos!, y entonces jugaré al juego que me ordenes.

Y dijo el Más Viejo de los Magos:

–Te la devolveré, Pau Amma, pero la tendrás sólo once meses del año; durante el duodécimo mes volverás a ponerte blando, para recordar así, a ti y a tus descendientes, que poseo el don de los hechizos y para que seas humilde, Pau Amma; pues veo que si pudieses andar lo mismo por el agua que por la tierra, crecería en exceso tu audacia; y si pudieses subirte a los árboles y cascar cocos y cavar hoyos con tus tijeras, Pau Amma, te mostrarías demasiado voraz.

Pau Amma reflexionó un momento y dijo:

–Me he decidido ya. Aceptaré todos los dones.

Entonces el Más Viejo de los Magos hizo un gesto mágico con la mano derecha –moviendo, esta vez, los cinco dedos– y, ¡zas!, mira lo que ocurrió, hijo mío: Pau Amma se fue empequeñeciendo más y más, hasta que, al fin, no era ya sino un cangrejo menudito y verde nadando junto a la canoa y gritando con un hilo de voz:

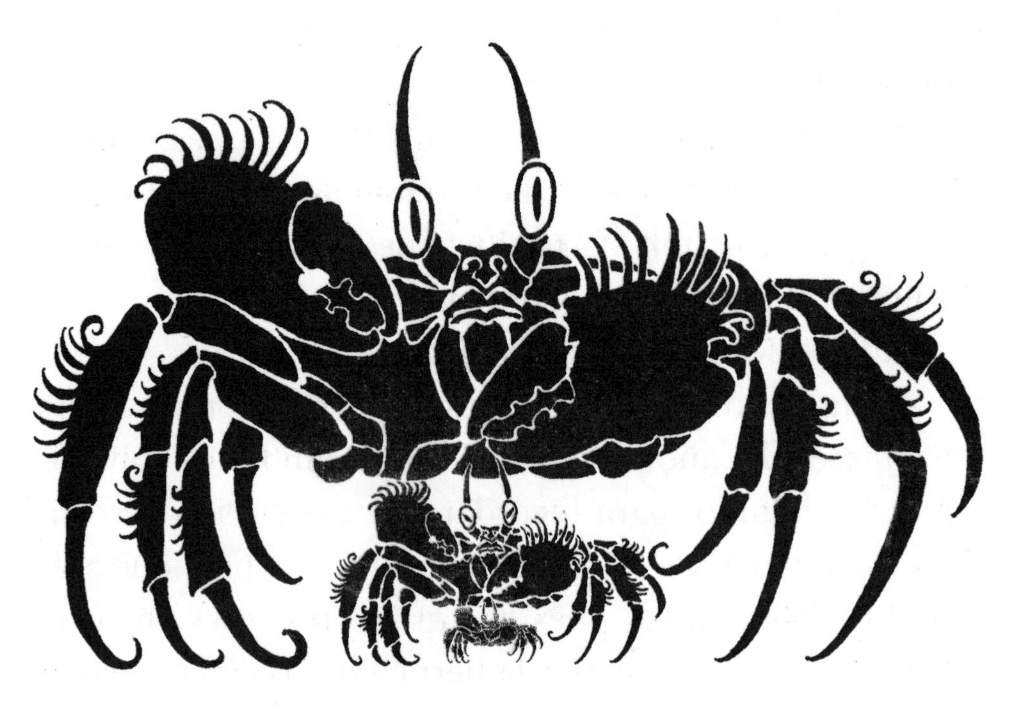

–¡Dame las tijeras!

Y la niña lo recogió en la palma de su manita morena, lo dejó en el fondo de la canoa y le dio sus tijeras, y el Cangrejo las balanceó en sus brazos chiquitos, las abrió y las hizo tintinear, diciendo:

–Puedo comer cocos. Puedo cascar conchas. Puedo

... CON SU QUERIDÍSIMA HIJITA SENTADA EN EL HOMBRO...
(*El Cangrejo que jugó con el mar*)

cavar hoyos. Puedo subirme a los árboles. Puedo respirar en el aire seco y encontrar un refugio seguro como Pusat Tasek bajo todas las piedras. Ignoraba que fuese un personaje tan principal. *¿Kun?* (¿Anda bien el juego?)

–*Payah kun* –contestó el Más Viejo de los Magos, y se echó a reír y le bendijo.

Y el pequeño Pau Amma salió a buen paso por la borda de la canoa y se metió en el agua; y tan chiquito era que hubiera podido ocultarse bajo la sombra de una hoja seca, si hubiese estado en tierra, o de una concha vacía, en el fondo del mar.

–¿Está bien lo que hemos hecho? –preguntó el Más Viejo de los Magos.

–Sí –contestó el Hombre–. Pero ahora hemos de volver al Perak, y está tan lejos que el bogar nos va a dar gran fatiga. Si hubiésemos esperado a que Pau Amma saliera de Pusat Tasek y regresara a su guarida, el agua nos hubiera arrastrado.

–Eres un holgazán –dijo el Más Viejo de los Magos–. Por eso lo serán también tus hijos. Serán la gente más perezosa del mundo. Los llamarán malos consejeros, malos ayos, malayos... –Levantó entonces el índice hacia la Luna y añadió–: ¡Oh, Pescador! Aquí está un Hombre a quien le da pereza bogar para volver a su morada. Arrástrale la canoa con tu cuerda, Pescador.

–No –dijo el Hombre–. Si he de ser perezoso de por vida, deja que el Mar trabaje dos veces al día por mí, y que sea ya para siempre. Eso me ahorrará el esfuerzo de bogar.

El Más Viejo de los Magos se echó a reír y dijo:

–*Payah kun* (Está bien).

Y el Ratón de la Luna dejó de roer la cuerda; el Pescador la dejó caer hasta que rozó el Mar, y arrastró con ella todo el Mar profundo más allá de la Isla de Bintang, más allá de Singapur, Malaca y Selangor, hasta que la canoa volvió a dar vueltas en la desembocadura del río Perak.

–*¿Kun?* –preguntó el Pescador de la Luna.

–*Payah kun* –asintió el Más Viejo de los Magos–. De ahora en adelante procura arrastrar el Mar dos veces durante el día y otras tantas por la noche, para que los pescadores malayos se ahorren el esfuerzo de remar. Pero cuida de no hacerlo con brusquedad excesiva, pues, de lo contrario, te soltaría un hechizo, como hice con Pau Amma.

Entonces remontaron el río Perak, hijo mío, y se acostaron todos.

¡Y ahora fíjate bien en lo que voy a decirte!

A partir de aquel día, la Luna ha arrastrado siempre al Mar de arriba abajo, produciendo lo que llamamos «mareas». Algunas veces el Pescador de la Luna tira con fuerza excesiva, y es cuando se dan las mareas primaverales; y otras veces su tirón es demasiado suave, y se produce la marea muerta; pero casi siempre se muestra cuidadoso, pues teme al Más Viejo de los Magos.

¿Y Pau Amma? Cuando vayas a la playa podrás ver cómo todos los hijitos de Pau Amma cavan sus pequeños Pusat Taseks bajo cualquier piedra o cualquier hierbajo de arena; los verás manejar sus tijeras chiquitas; y en ciertas partes del mundo viven de veras en tierra y se suben a las palmeras y comen cocos, tal como lo prometió aquella niña. Pero, una vez al año, todos los Pau Ammas han de sacudirse la dura coraza y quedar muy blanditos... para recordarles lo que es capaz de hacer el Más Viejo de los Magos. Y por eso no está bien matar ni perseguir a los hijos de Pau Amma porque el viejo Pau Amma se mostró tan bobo y brusco hace una infinidad de tiempo.

Sí, sí. Y a los hijos de Pau Amma les molesta muchísimo que los saquen de sus pequeños Pusat Taseks y que los niños se los lleven a casa metidos en un tarro de cristal. Por eso te pellizcan con sus tijeras o pinzas, y es justo que sea así.

EL GATO QUE IBA SOLO

SCUCHA ATENTAMENTE y fíjate en lo que voy a contarte, pues sucedió, ocurrió y acaeció, hijo mío, cuando los animales que son hoy domésticos eran aún salvajes. El Perro era salvaje, y lo era el Caballo, así como la Vaca, la Oveja y el Cerdo –todo lo salvajes que puedas imaginar– y andaban por el Húmedo Bosque Salvaje, sin más compañía que su salvaje presencia. Pero el más salvaje de todos los animales era el Gato. Iba siempre solo y todos los lugares le daban lo mismo.

Por supuesto, el Hombre era también salvaje en aquel entonces. Lo era terriblemente. Sólo empezó a domesticarse cuando encontró a la Mujer y ella le dijo que no le gustaba vivir de tan silvestre manera. Eligió una caverna linda y seca para acostarse, en vez del montón de húmedas hojas que solía usar el Hombre; esparció limpia arena por el suelo, recogió leña y encendió una hermosa lumbre en el fondo de la Caverna; tendió en su abertura la piel, convenientemente seca, de un caballo salvaje, de modo que la cola quedara en la parte inferior, y dijo:

–Sacúdete el barro de los pies, maridito, pues ahora vamos a tener casa.

Aquella noche, hijo mío, comieron oveja salvaje asada sobre las piedras candentes y aliñada con ajo y pimiento selváticos; y pato silvestre, relleno de arroz, fenogreco y coriandro, igualmente silvestres también. Luego, el Hombre se acostó frente al hogar, muy satisfecho; pero la Mujer se sentó y pasó un buen rato peinándose. Cogió un hueso de espaldilla de carnero –ese grande y llano que se llama también omóplato– y contempló los maravillosos signos que en él había. Luego echó más leña al fuego y se dedicó a hacer un hechizo. Entonó la Primera Canción Mágica del mundo.

Fuera, en el Húmedo Bosque Salvaje, todos los animales salvajes se reunieron en un punto desde donde di-

1998

visaban, muy lejos, el resplandor de la lumbre, y se preguntaban lo que aquello significaría.

Caballo Salvaje pataleó con sus salvajes cascos y dijo:

–¡Oh Amigos y Adversarios míos! ¿Por qué el Hombre y la Mujer han hecho esa gran luz en la gran Caverna, y qué daño nos harán?

Perro Salvaje levantó su salvaje hocico, olió los efluvios del carnero asado y dijo:

–Iré allá, a ver lo que ocurre, y luego os lo contaré; me figuro que hay cosas buenas. Gato, ven conmigo.

–¡De ninguna manera! –exclamó el Gato–. Soy el Gato que va solo y todos los lugares le dan lo mismo. No iré.

–Pues no seremos ya amigos –dijo Perro Salvaje, y corrió hacia la Caverna.

Pero cuando el Perro anduvo cierto trecho, dijo el Gato para sus adentros: «Todos los lugares me dan lo mismo. ¿Por qué no ir yo también, ver lo que ocurre y volverme cuando me venga en gana?». Se escurrió, pues, deslizándose suavemente, muy suavemente, en pos del Perro Salvaje, y se ocultó en un sitio desde donde lo podía oír todo.

Cuando Perro Salvaje llegó a la entrada de la Caverna levantó con el hocico la piel de caballo y husmeó el delicioso efluvio del carnero asado, y la Mujer, que estaba mirando la espaldilla, lo oyó, se echó a reír y dijo:

–Ahí viene el primero. Silvestre Desconocido del Húmedo Bosque Salvaje, ¿qué quieres?

–¡Oh Enemiga mía y Esposa de mi Enemigo! –contestó Perro Salvaje–. ¿Qué es lo que huele tan bien en el Húmedo Bosque Salvaje?

Y tomó la Mujer un hueso del carnero asado y lo arrojó a Perro Salvaje, diciendo:

–Silvestre Desconocido del Húmedo Bosque Salvaje, a ver si te gusta.

Perro Salvaje empezó a roer el hueso, y estaba más rico que cuanto había probado hasta entonces.

–¡Oh Enemiga mía –dijo– y Esposa de mi Enemigo! Dame un poco más.

La Mujer dijo:

–Silvestre Desconocido del Húmedo Bosque Salvaje, ayuda a mi marido a cazar durante el día y guarda esta Caverna por la noche, y te daré tantos huesos asados como apetezcas.

–¡Ah! –se dijo el Gato, que seguía escuchando–. Esa Mujer es muy lista, pero no tanto como yo.

Perro Salvaje se arrastró hacia el interior de la Caverna, descansó la cabeza en el regazo de la Mujer y exclamó:

–¡Oh Amiga mía y Esposa de mi Amigo! Ayudaré a tu marido a cazar durante el día, y por la noche guardaré vuestra Caverna.

–¡Ah! –se dijo el Gato, escuchando–. Ese Perro es muy bobo.

Y regresó al Húmedo Bosque Salvaje, meneando la cola salvaje, sin más compañía que su salvaje presencia. Pero a nadie contó lo ocurrido.

Cuando el Hombre despertó, dijo:

–¿Qué hace aquí Perro Salvaje?

Y repuso la Mujer:

–No se llama ya Perro Salvaje, sino Primer Amigo, pues será siempre amigo nuestro. Cuando salgas de caza, llévatelo.

Aquella noche la Mujer cortó grandes brazadas de hierba en los prados y la hizo secar junto a la lumbre, de modo que olía a heno recién segado. Se sentó luego a la entrada de la Caverna, trenzó un cabestro con piel de caballo y contempló un rato la espaldilla de carnero –el hueso grande y llano, que se llama también omóplato– e hizo un hechizo. Entonó entonces la Segunda Canción Mágica del mundo.

Fuera, en el Húmedo Bosque Salvaje, todos los animales se preguntaban qué le habría ocurrido a Perro Salvaje, y, por fin, Caballo Salvaje pataleó y dijo:

–Iré allá a ver lo que ocurre, y os contaré por qué Perro Salvaje no ha vuelto. Gato, ven conmigo.

–¡Que no! –dijo el Gato–. Soy el Gato que va solo y todos los lugares le dan lo mismo. No iré.

Pero, no obstante, siguió sigilosamente a Caballo Salvaje y se ocultó en un sitio desde donde podía oírlo todo.

Cuando la Mujer oyó a Caballo Salvaje pisándose la larga crin y dando traspiés, se echó a reír y dijo:

–Ahí viene el segundo. Silvestre Desconocido del Húmedo Bosque Salvaje, ¿qué quieres?

Caballo Salvaje contestó:

–¡Oh Enemiga mía y Esposa de mi Enemigo! ¿Dónde está Perro Salvaje?

La Mujer volvió a reír. Cogió la espaldilla de carnero, la contempló y dijo:

–Silvestre Desconocido del Húmedo Bosque Salvaje, no has venido en busca de Perro Salvaje, sino a causa de esta hierba sabrosa.

Y Caballo Salvaje, pisándose la larga crin y dando traspiés, dijo:

–Así es. Dámela; quiero comerla.

–Silvestre Desconocido del Húmedo Bosque Salvaje –dijo la Mujer–, agacha tu cabeza salvaje, déjate poner esto y en adelante comerás esta hierba maravillosa tres veces al día.

–¡Ah! –se dijo el Gato, escuchando–. Esa Mujer es lista, pero no tanto como yo.

Caballo Salvaje inclinó la cabeza, y la Mujer la pasó

por el cabestro trenzado. Caballo Salvaje dio un resoplido a los pies de la Mujer, y dijo:

–¡Oh Dueña mía y Esposa de mi Señor! Seré vuestro sirviente a cambio de la hierba maravillosa.

–¡Ah! –se dijo el Gato, escuchando–. Ese Caballo es muy bobo.

Y regresó, cruzando el Húmedo Bosque Salvaje y balanceando su cola salvaje, sin más compañía que su salvaje presencia. Pero a nadie contó lo ocurrido.

Cuando el Hombre y el Perro regresaron de la caza, dijo el Hombre:

–¿Qué hace aquí Caballo Salvaje?

Y la Mujer contestó:

–No se llama ya Caballo Salvaje, sino Primer Servidor, pues nos llevará siempre de un sitio a otro. Cuando salgas de caza, cabalga en su lomo.

Al siguiente día, llevando muy erguido el salvaje testuz, para que los cuernos salvajes no se prendieran en los árboles de la Selva, Vaca Salvaje subió a la Caverna, y el Gato la siguió y ocultóse como las otras veces.

Todo ocurrió igual, y el Gato dijo lo mismo. Y cuando Vaca Salvaje prometió dar todos los días su leche a la Mujer a cambio de la hierba maravillosa, el Gato cruzó de nuevo el Húmedo Bosque Salvaje, meneando su cola salvaje y sin más compañía que las otras veces.

Pero a nadie contó lo ocurrido.

Y cuando el Hombre, el Caballo y el Perro regresaron de la caza e hicieron la misma pregunta, dijo la Mujer:

–No se llama ya Vaca Salvaje, sino La que Da Buen Sustento. Nos dará siempre su tibia y blanca leche, y yo cuidaré de ella cuando tú y el Primer Amigo y el Primer Servidor salgáis de caza.

Al día siguiente quedóse la Mujer esperando que algún otro Silvestre Desconocido subiera a la Caverna, pero nadie dejó el Húmedo Bosque Salvaje, de modo que el Gato se acercó solo a la Caverna. Vio a la Mujer ordeñando a la Vaca, y el resplandor de la lumbre en la Caverna, y husmeó la leche tibia y blanca.

–¡Oh Enemiga mía y Esposa de mi Enemigo! –dijo el Gato–. ¿Adónde fue la Vaca Salvaje?

La Mujer se echó a reír, y dijo:

–Silvestre Desconocido del Húmedo Bosque Salvaje, vete al Bosque otra vez, pues ya me he trenzado el cabello, he dejado la espaldilla mágica y no necesitamos más amigos ni sirvientes en nuestra Caverna.

El Gato contestó:

–No soy amigo ni servidor. Soy el Gato que va solo y quiero entrar en vuestra Caverna.

–Siendo así –dijo la Mujer–, ¿por qué no viniste con el Primer Amigo, la primera noche?

El Gato se enojó mucho, y dijo:

–¿Será que Perro Salvaje os habrá contado historias de mí?

Entonces la Mujer se echó a reír y contestó:

–Eres el Gato que va solo y todos los lugares te dan lo mismo. No eres amigo ni servidor. Tú mismo lo has dicho. Anda, márchate y ve solo por donde te plazca.

El Gato aparentó apenarse.

–¿Nunca podré venir a la Caverna? –preguntó–. ¿Nunca podré sentarme a la buena lumbre, ni beber la leche tibia y blanca? Eres muy lista y hermosa. Ni siquiera con un pobre Gato debieras mostrarte cruel.

La Mujer dijo:

–Sabía que era lista, pero no hermosa. Cerraré, pues, un trato contigo. Si llego a pronunciar una palabra en elogio tuyo, podrás entrar en la Caverna.

–¿Y si pronuncias dos? –preguntó el Gato.

–Nunca lo haré –contestó la Mujer–; pero si alguna vez llego a pronunciar dos palabras alabándote, podrás sentarte junto a la lumbre.

–¿Y si dices tres palabras? –insistió el Gato.

–Jamás lo haré –dijo la Mujer–; pero si llego a pronunciar tres palabras en elogio tuyo, podrás beber siempre, tres veces al día, la leche tibia y blanca.

Entonces el Gato arqueó el lomo y dijo:

... LO PERSIGUIERON HASTA OBLIGARLE A ENCARAMARSE EN EL ÁRBOL...
(El Gato que iba solo)

–Que la Cortina de la entrada y el Fuego del fondo de la Caverna, y los Cacharros de la Leche que están al Fuego, recuerden lo que acaba de decir mi Enemiga, la Esposa de mi Enemigo.

Y salió hacia el Húmedo Bosque Salvaje, balanceando su cola salvaje y sin más compañía que su salvaje presencia.

Aquella noche, cuando el Hombre, el Caballo y el Perro regresaron, la Mujer nada les dijo de lo que había prometido al Gato, pues temía que no les gustase.

El Gato se marchó lejos, muy lejos, en el Húmedo Bosque Salvaje, y estuvo largo tiempo sin más compañía que su salvaje presencia, hasta que la Mujer lo olvidó del todo. Sólo el Murciélago (el Murciélago chiquito, que se sostiene cabeza abajo), que solía colgarse en el interior de la Caverna, sabía dónde se había ocultado el Gato; y volaba todas las noches y le traía noticias de lo que ocurría.

Cierta noche, dijo el Murciélago:

–Hay un Niño en la Caverna. Es nuevecito, rosado, muy gordezuelo y menudo, y la Mujer está encantada con él.

–¡Ah! –dijo el Gato, escuchando–. Pero al Niño ¿qué le gusta?

–Le gustan las cosas blandas y que hacen cosquillas –contestó el Murciélago–. Le gusta tener en los brazos cosas tibias cuando quiere dormir. Le gusta que jueguen con él. Todo eso le gusta.

–¡Ah! –exclamó el Gato, escuchando–. Entonces, ha llegado mi hora.

Al anochecer, anduvo el Gato por el Húmedo Bosque Salvaje y se escondió muy cerca de la Caverna hasta la madrugada, y el Hombre, el Perro y el Caballo salieron de caza. Aquella mañana estaba la Mujer muy atareada guisando, y el Niño lloraba y la interrumpía. Por eso su madre lo dejó fuera de la Caverna y le dio un puñado de guijarros para jugar. Pero el Niño seguía llorando.

Entonces el Gato alargó su blanda pata y le dio al Niño una palmadita en la mejilla, y lo arrulló dulcemente; luego se frotó contra sus gordezuelas rodillas y le cosquilleó con la cola el rollizo mentón. Y el Niño se echó a reír; y la Mujer le oyó e iluminó su rostro una sonrisa.

El Murciélago (el Murciélago chiquito, que se sostiene cabeza abajo), el que solía colgarse en el interior de la Caverna, dijo así:

–¡Oh mi Dueña y Esposa de mi Señor y Madre del Hijo de mi Señor! Un Silvestre Desconocido del Húmedo Bosque Salvaje está jugando lindamente con tu Niño.

–Bien haya el Silvestre Desconocido, quienquiera que sea –dijo la Mujer, cuadrando los hombros–, pues esta mañana tengo mucho trajín, y me ha prestado un gran servicio.

Y en aquel preciso instante, hijo mío, la Cortina de piel de caballo que pendía cola abajo en la boca de la Caverna cayó al suelo *–¡chas!–*, recordando lo que había convenido la mujer con el Gato; y cuando la Mujer se acercó a recoger la Cortina, mira lo que sucedió, hijo mío: se encontró al Gato sentado, muy regaladamente, dentro de la Caverna.

–¡Oh Enemiga mía y Esposa de mi Enemigo y Madre de mi Enemigo! –dijo el Gato–. Soy yo, pues has pronunciado una palabra en mi elogio, y ahora puedo sentarme para siempre en la Caverna. Pero sigo siendo el Gato que va solo y todos los lugares le dan lo mismo.

La Mujer se enojó mucho. Apretó los labios, cogió su rueca y empezó a hilar.

Pero el Niño lloraba porque se había marchado el Gato, y la Mujer no acertaba a consolarlo, pues el pequeñín se debatía y pataleaba, y se le ponía morado el rostro.

–¡Oh Enemiga mía y Esposa de mi Enemigo y Madre de mi Enemigo! –dijo el Gato–. Toma un hilo de los que estás hilando, átalo a la rueca y déjalo en el suelo; te enseñaré un hechizo que hará soltar a tu Niño unas carcajadas tan fuertes como su llanto.

–Lo haré –asintió la Mujer–, porque ya nada se me ocurre para consolarlo; pero no te daré las gracias por ello.

Ató, pues, el hilo a la rueca chiquita de barro cocido y lo soltó por el suelo. El Gato corrió tras él, le pegó con las patas, dio varias volteretas, lo agitó hacia atrás sobre el lomo, lo persiguió entre sus patas traseras, hizo como que lo perdía y se arrojó sobre él otra vez. Al fin, el Niño se echó a reír tan fuertemente como había llorado y gateó en pos del Gato, jugueteó por toda la Caverna, y se cansó y se acurrucó blandamente, quedándose dormido con el Gato en brazos.

–Ahora –dijo el Gato–, le cantaré una canción que le hará dormir durante una hora.

Y empezó a ronronear, alternando los sonidos fuertes con los suaves, hasta que el Niño se quedó profundamente dormido. La Mujer sonrió y, bajando la vista, los miró a ambos y dijo:

–Lo has hecho a las mil maravillas. No hay duda, ¡oh Gato!, de que eres listo de verdad.

En aquel preciso instante, hijo mío, el humo de la Lumbre que estaba en el fondo de la Caverna bajó del techo en densas nubes –*¡puf!*–, recordando lo que había convenido la Mujer con el Gato; y, cuando se desvaneció, hijo mío, el Gato estaba sentado, muy regaladamente, junto al fuego.

–¡Oh Enemiga mía y Esposa de mi Enemigo y Madre de mi Enemigo! –dijo el Gato–. Soy yo; has pronunciado una segunda palabra en elogio mío, y ahora puedo ya sentarme para siempre junto a la buena lumbre, en el fondo de la Caverna. Pero sigo siendo el Gato que va solo y todos los lugares le dan lo mismo.

Entonces la Mujer se encolerizó mucho, muchísimo. Se soltó el cabello y echó más leña al hogar, y sacó la ancha espaldilla de carnero y empezó a hacer un hechizo que le impidiera pronunciar una tercera palabra en alabanza del Gato. No era una Canción Mágica, hijo mío, sino un Hechizo Callado; y, poco a poco, quedó tan silenciosa la Caverna, que un ratoncillo de los más chiquitos se atrevió a salir de un rincón y a corretear por el suelo.

–¡Oh Enemiga mía y Esposa de mi Enemigo y Madre de mi Enemigo! –dijo el Gato–. Ese ratoncillo, ¿forma parte de tu hechizo?

–¡Hiiii! ¡Hiiii! ¡Claro que no! –chilló la Mujer.

Y soltó la espaldilla y subió de un salto a un escabel que estaba junto a la lumbre, y volvió a recogerse el pelo muy prestamente, temiendo que el ratoncillo se subiese por él.

–¡Ah! –dijo el Gato–. Entonces, el ratón no me hará daño si me lo como, ¿verdad?

–No –dijo la Mujer, que seguía trenzándose y recogiéndose el cabello–; cómetelo en seguida y te lo agradeceré.

El Gato dio un brinco y cogió al ratón chiquito, y la Mujer dijo:

–Mil gracias. Ni siquiera el Primer Amigo sabe coger tan prestamente los ratones como tú. De veras que eres listo.

Y en aquel preciso instante, hijo mío, el Cacharro de la leche, que estaba junto al fuego, se partió por la mitad –*¡zas!*–, recordando lo que había convenido la Mujer con el Gato; y cuando la Mujer saltó del escabel, sucedió que el Gato lamía la leche tibia y blanca que había quedado en uno de los trozos.

–¡Oh Enemiga mía y Esposa de mi Enemigo y Madre de mi Enemigo! –dijo el Gato–. Soy yo; has pronunciado ya tres palabras en alabanza mía, y ahora puedo beber siempre, tres veces al día, la leche tibia y blanca. Pero soy todavía el Gato que va solo y todos los lugares le dan lo mismo.

Entonces la Mujer se echó a reír y dio al Gato otro cuenco de tibia y blanca leche, diciendo:

–¡Oh Gato! Eres tan listo como el Hombre; acuérdate de que no cerraste ningún trato con el Hombre ni con el Perro, y no sé lo que harán cuando regresen.

–¿Y a mí qué me importa? –dijo el Gato–. Mientras tenga sitio en la Caverna, junto al fuego, y leche tibia y blanca tres veces al día, no me preocupa lo que el Hombre ni el Perro puedan hacer.

Aquella noche, cuando el Hombre y el Perro entraron en la Caverna, la Mujer les refirió la historia de lo convenido con el Gato, mientras éste estaba junto a la lumbre y se sonreía.

–Sí –dijo el Hombre–, pero no olvides que no ha cerrado ningún trato conmigo, ni con mis descendientes que se estimen.

Cogió entonces sus dos botas de cuero y su pequeña hacha de piedra (y suman tres), y luego un leño y un cuchillo (y suman cinco), y los puso en fila diciendo:

–Ahora vamos a cerrar nuestro trato. Si no coges siempre los ratones cuando estés en la Caverna, te arrojaré estas cinco cosas en cuanto te vea, y lo mismo harán todos mis descendientes que se estimen.

–¡Ah! –exclamó la Mujer–. Este Gato es muy listo pero no lo es tanto como el Hombre, mi marido.

El Gato contó las cinco cosas (que parecían muy duras y llenas de protuberancias) y dijo:

–Atraparé siempre ratones cuando esté en la Caverna, pero sigo siendo todavía el Gato que va solo y todos los lugares le dan lo mismo.

–No te darán lo mismo cuando yo esté cerca –repuso el Hombre–. Si no hubieses dicho esto último, hubiera apartado estas cosas para siempre; pero ahora te arrojaré mis botas y mi pequeña hacha de piedra (y suman tres) siempre que dé contigo. Y lo mismo harán todos mis descendientes que se estimen.

Entonces dijo el Perro:

–Espera un poco. Tampoco *conmigo* has cerrado ningún trato, ni con mis descendientes que se estimen. –Y le mostró los dientes diciendo–: Si no te portas bien con el Niño cuando yo esté en la Caverna, te perseguiré siempre hasta alcanzarte y morderte. Y lo mismo harán todos mis descendientes que se estimen.

–¡Ah! –dijo la Mujer al oírlo–. Este Gato es muy listo pero aún lo es más el Perro.

El Gato contó los colmillos del Perro (que parecían, en verdad, muy afilados) y dijo:

–Cuando esté en la Caverna me portaré siempre bien con el Niño mientras no me tire demasiado de la cola. Pero soy todavía el Gato que va solo y todos los lugares le dan lo mismo.

–No te darán lo mismo si yo estoy cerca –repuso el Perro–. Si no hubieses dicho esto último, yo hubiera cerrado la boca para siempre; pero desde ahora, cuando te encuentre te perseguiré hasta que te subas a un árbol. Y lo mismo harán mis descendientes que se estimen.

Entonces el Hombre arrojó contra el Gato sus dos botas y su pequeña hacha de pedernal (y suman tres cosas), y el Gato salió corriendo de la Caverna, y el Perro lo persiguió hasta obligarle a encaramarse a un árbol. Y desde aquel día, de cada cinco hombres hay siempre tres que, cuando encuentran al Gato, le arrojan algo, y todos los perros dignos de este nombre lo persiguen hasta que se refugia en la copa de un árbol.

Pero, por su parte, también el Gato cumple lo convenido. Mata los ratones y se muestra cariñoso con los niños mientras no le tiren demasiado de la cola. Mas, cumplidos sus deberes, cuando sale la Luna y llega la noche, vuelve de cuando en cuando a ser el Gato que va solo y todos los lugares le dan lo mismo. Entonces se marcha a los Húmedos Bosques, o se sube a los Húmedos Árboles o camina por los Tejados Húmedos y Solitarios, meneando su cola salvaje, sin más compañía que su salvaje presencia.

Mi gato se sienta a la lumbre
o juega con un corcho y un cordel,
mi gato es limpio por costumbre,
pero no es por mí, sino por él.
Por eso prefiero a mi perro *Binkie:*
él sí que se porta bien conmigo
como si yo fuera el Hombre de la Caverna
y *Binkie* fuera el Primer Amigo.

Si mi gato está de humor
condesciende a hacer de Viernes
mientras yo hago de Robinsón,
y cuando el juego aún está en ciernes
se cansa, da media vuelta, y se va.
Mi perro nunca haría eso conmigo,
él nunca se cansa de jugar,
por eso *Binkie* es mi Primer Amigo.

Mi gato ronronea mimoso
como si me quisiera de verdad
pero en cuanto me pongo cariñoso
suelta un bufido y se va
al jardín a contemplar la Luna
o a cualquier otro lugar.
Por eso es *Binkie,* y no este gato,
mi Primer Amigo, el primero de verdad.

LA MARIPOSA QUE PATALEÓ

STA, HIJO MÍO, ES UNA HISTORIA NUEVA Y MARAVILLOSA, muy diferente de las demás; una historia sobre el prudentísimo soberano Solimán-bin-Daúd, o sea, Salomón, el hijo de David. Existen trescientas cincuenta y cinco historias sobre Solimán-bin-Daúd, pero ésta no es ninguna de las conocidas. No es la historia del Avefría que encontró el Agua, ni de la Abubilla que dio sombra a Solimán-bin-Daúd cuando el calor era más ardiente. No es la historia del Pavimento de Cristal, ni del Rubí del Torcido Agujero, ni de los Lingotes de Oro de la reina Balkis. Es la historia de la Mariposa que pataleó.

Ahora, escuchad todos atentamente.

Solimán-bin-Daúd era sabio en extremo. Comprendía el lenguaje de los cuadrúpedos, de los pájaros, de los peces y de los insectos. Sabía lo que decían las rocas en las profundidades de la Tierra, cuando se hacían reverencias y gemían; y sabía lo que decían los árboles, en plena mañana, con el rozar de sus hojas. Todo lo comprendía: al prelado en su cátedra y al hisopo en el muro. Y Balkis, la principal de sus Reinas, la hermosísima reina Balkis, era casi tan sabia como él.

Solimán-bin-Daúd era también muy poderoso. Llevaba una sortija en la mano derecha, en el dedo del corazón. Cuando le daba vuelta una sola vez surgían de

... Cuatro enormes genios surgieron del suelo.
(*La Mariposa que pataleó*)

la Tierra los Espíritus y Genios para ejecutar sus órdenes. Cuando le daba dos vueltas bajaban del cielo las Hadas para hacer lo que el Rey les dijera, y si la hacía girar tres veces aparecía en persona el insigne ángel Azrael, que ciñe espada, vestido de aguador, y le traía nuevas de los tres mundos: el de lo Alto, el de lo Hondo y el Nuestro.

Y, sin embargo, Solimán-bin-Daúd nada tenía de orgulloso. Raras veces hacía ostentación de su poder, y si en alguna ocasión incurría en tal flaqueza, luego se arrepentía. Trató una vez de alimentar a todos los animales del mundo en un solo día, pero, cuando estuvo dispuesto el alimento, llegó un Animal de las profundidades del mar y lo devoró en tres bocados. Solimán-bin-Daúd quedó asombradísimo, y dijo:

–¡Oh Bestia desconocida! ¿Quién eres?

–¡Oh Rey, ojalá puedas vivir siempre! –contestó la Bestia–. Soy el menor de treinta mil hermanos, y tenemos nuestra morada en el fondo del mar. Oímos decir que ibas a dar alimento a todos los animales del mundo, y mis hermanos me enviaron a preguntar si la cena estaba ya servida.

Solimán-bin-Daúd quedó más sorprendido que nunca.

–¡Oh Bestia! –exclamó–. Tú solo te has comido toda la cena que había para todos los animales del mundo.

Y contestó el Animal:

–¡Oh Rey, ojalá puedas vivir siempre! Pero ¿de veras llamas a eso una cena? En el lugar de donde yo vengo, cada cual come el doble entre las comidas principales.

Entonces Solimán-bin-Daúd se postró con el rostro en tierra y dijo:

–¡Oh Bestia! Ofrecía esa cena para demostrar hasta qué punto soy un Rey poderoso y rico, no por el afán de ser monarca de los animales. Ahora me avergüenzo; lo tengo muy merecido.

Solimán-bin-Daúd era prudente y sabio de verdad, hijo mío. Desde aquel día ya no olvidó que el hacer ostentación del propio poder es cosa sin substancia... Y ahora empieza la verdadera historia.

Tuvo muchas esposas. Se casó con novecientas noventa y nueve, sin contar a la hermosísima Balkis; y vivían todas ellas en un espacioso palacio de oro, que se erguía en medio de un jardín lindísimo, donde murmuraban infinidad de fuentes. No es que Solimán-bin-Daúd quisiera a novecientas noventa y nueve mujeres, pero en aquellos tiempos todos solían tener muchas esposas, y, claro, el Rey tenía que casarse con muchas más, para demostrar así su condición de monarca.

Algunas de las esposas eran agradables, pero las había horribles de verdad, y éstas se peleaban con las agradables y las convertían en horribles, y luego todas juntas reñían con Solimán-bin-Daúd, lo que resultaba horrible para él. Pero Balkis, la hermosísima, nunca se peleaba con Solimán-bin-Daúd. Le quería demasiado. Permanecía sentada en sus aposentos del Palacio de Oro, o se paseaba por el jardín y se entristecía pensando en su esposo.

Por supuesto, si el Rey se hubiese decidido a dar una vuelta a la sortija que llevaba en el dedo, llamando a los Genios y Espíritus, mediante un hechizo hubieran éstos convertido a las novecientas noventa y nueve mujeres peleonas en blancas mulas del desierto o en galgos, o tal vez en simientes de granada. Pero Solimán-bin-Daúd pensaba que aquello hubiera sido hacer ostentación de su poder. Así pues, cuando reñían mucho, se limitaba a pasear, solitario, por un sitio apartado, en los bellos jardines del palacio, y deseaba no haber nacido.

Cierto día en que las novecientas noventa y nueve esposas llevaban ya tres semanas peleándose, Solimán-bin-Daúd salió en busca de paz, como de costumbre; y encontró entre los naranjos a la hermosísima Balkis, muy triste porque veía a Solimán-bin-Daúd en tales cuitas. Y ella le dijo:

–¡Oh Señor mío y Luz de mis Ojos! Da una vuelta a tu anillo y demuestra a esas Reinas de Egipto y Mesopotamia, de Persia y de China, que eres el poderoso y terrible Rey.

Pero Solimán-bin-Daúd movió la cabeza y repuso:

–¡Oh Señora mía y Gozo de mi Vida! Acuérdate de la Bestia que vino del mar y me avergonzó ante todos los animales del mundo porque quise alardear de mi pujanza. Si ahora mostrase mi poderío a esas Reinas de Persia y de Egipto, de Abisinia y de China, sólo porque me molestan, tal vez cosechara una vergüenza mayor.

Y dijo Balkis, la hermosísima:

–¡Oh mi Señor y Tesoro mío! ¿Qué piensas, pues, hacer?

Y contestó Solimán-bin-Daúd:

–¡Oh Señora mía y Contento de mi Corazón! Seguiré soportando mi destino en manos de esas novecientas noventa y nueve Reinas que me atosigan con sus continuas querellas.

Siguió, pues, andando entre los lirios, los nísperos japoneses de perenne ardor, las cannas y los enebros de intenso aroma que crecían en el jardín, hasta llegar junto al corpulento alcanforero, que después fue llamado Alcanforero de Solimán-bin-Daúd. Pero Balkis se ocultó entre los altos lirios, los moteados bambúes y las cannas rojas, detrás del alcanforero, para estar cerca de su amado.

Al poco rato volaron bajo el árbol dos Mariposas peleándose.

Solimán-bin-Daúd oyó que una de ellas decía a la otra:

–No me explico tu presunción al hablarme así. ¿Ignoras, acaso, que si yo patalease un momento todo el palacio de Solimán-bin-Daúd y este jardín donde volamos se desvanecerían entre un retumbar de truenos?

Solimán-bin-Daúd se olvidó entonces de sus novecientas noventa y nueve molestísimas mujeres y se echó a reír ante la jactancia de la Mariposa, hasta que con su risa sacudió al alcanforero. Y levantó el dedo y dijo:

–Ven aquí, pequeñuela.

La Mariposa se asustó muchísimo, pero logró volar hasta la mano de Solimán-bin-Daúd y se quedó allí, abanicándose con sus alas. Solimán-bin-Daúd bajó la cabeza y murmuró:

–Sabes muy bien, pequeñuela, que, a lo sumo, tu pataleo doblaría una brizna de hierba. ¿Por qué has contado ese tremendo embuste a tu esposa? Pues, sin duda, ella lo es.

La Mariposa miró a Solimán-bin-Daúd y vio que sus prudentísimos ojos pestañeaban como luceros en noche de escarcha, y armándose de valor con ambas alas, ladeó la cabeza y dijo:

–¡Oh Rey! ¡Ojalá vivas siempre! Sí, es mi esposa, *en efecto;* y ya sabes cómo son las esposas.

Una sonrisa iluminó la luenga barba de Solimán-bin-Daúd.

–Sí, *lo sé,* hermanita –contestó.

–Hay que tenerlas a raya, sea como sea –prosiguió la Mariposa–, y ha estado riñendo conmigo toda la mañana. Lo dije para atemorizarla.

–¡Ojalá lo logres! –dijo Solimán-bin-Daúd–. Vuelve junto a tu esposa, hermanita, y déjame escuchar lo que decís.

La Mariposa voló de nuevo al lado de su compañera, que temblaba de miedo detrás de una hoja.

–¡Te ha oído! –dijo ella–. ¡Te ha oído Solimán-bin-Daúd en persona!

–¿Que me ha oído? –dijo la Mariposa–. Claro que sí. Lo dije para que me oyese.

–¿Y qué te ha dicho? ¡Oh! ¿Qué ha dicho?

–Bueno –contestó la Mariposa, abanicándose con orgullo–; voy a contártelo, querida, pero que quede entre los dos. No le critico, por supuesto, pues su palacio debe de valer una fortuna y ahora precisamente están madurando las naranjas..., pero me pidió que no patalease y le prometí no hacerlo.

–¡Cáspita! –exclamó la esposa, y se sentó, muy calmada y tranquila.

Pero Solimán-bin-Daúd se echó a reír, hasta que se le saltaron las lágrimas y le rodaron por las mejillas, al oír la desfachatez de la menuda Mariposa.

La hermosísima Balkis se puso en pie, entre las cannas rojas, y se sonrió, pues había oído toda aquella charla. Pensó: «Si poseo la suficiente discreción, aún podré salvar a mi Señor del aprieto en que le ponen esas Reinas pendencieras». Y levantó el dedo y murmuró a la compañera de la Mariposa:

–Ven acá, pequeñuela.

La compañera de la Mariposa voló hacia lo alto muy asustada y se posó en la mano blanquísima de Balkis.

Balkis inclinó su hermosa cabeza y dijo en un susurro:

–Pequeñuela, ¿crees lo que acaba de decirte tu esposo?

La compañera de la Mariposa miró a Balkis y vio brillar los ojos de la hermosísima Reina como dos balsas profundas con luz de estrellas, y, armándose de valor con ambas alas, contestó:

–¡Oh Reina! ¡Sé linda siempre! *Ya sabes* cómo son los maridos.

Y la reina Balkis, la prudente Balkis de Saba, se llevó la mano a los labios para ocultar una sonrisa.

–*Lo sé,* hermanita –le dijo.

–Se enojan por cualquier bagatela –prosiguió la compañera de la Mariposa, abanicándose con gran presteza–, pero hemos de mimarlos, ¡oh Reina! Siempre exageran lo que dicen. Si a mi esposo le place imaginar que creo a pies juntillas que podrá hacer desaparecer el palacio de Solimán-bin-Daúd con sólo patalear un poco, a mí me da lo mismo. Mañana ya lo habrá olvidado.

–Hermanita –dijo Balkis–, no te falta razón; pero la próxima vez que suelte una de sus jactancias, ponle en un aprieto. Pídele que patalee, y a ver lo que ocurre. *Ya sabemos* cómo son los maridos, ¿verdad? Se sentirá muy avergonzado.

La Mariposa voló hacia su marido, y al poco rato peleaban con más brío que nunca.

–¡Acuérdate! –dijo él–. Acuérdate de lo que puedo hacer si pataleo un poco.

–No te creo ni una palabra –repuso la esposa–. Me gustaría muchísimo verlo. Anda, empieza ya a patalear.

–Prometí no hacerlo a Solimán-bin-Daúd –dijo la Mariposa– y no quiero quebrantar mi promesa.

–Aunque lo hicieras, poco importaría –observó la esposa–. Con tu pataleo ni siquiera doblarías una brizna de hierba. Te reto a que lo hagas –insistió–. ¡Patalea! ¡Patalea!

Solimán-bin-Daúd, sentado bajo el alcanforero, oyó esta charla y se rió como nunca se había reído. Olvidó ya del todo a sus Reinas; olvidó a aquel animal que había surgido del mar; olvidó el alarde que hiciera de su poderío. Sólo se reía con gran alborozo, y Balkis, al otro lado del árbol, se sonreía al ver el júbilo de su amado.

Entonces la Mariposa, muy colérica e inflada, voló a la redonda hasta alcanzar la sombra del alcanforero, y dijo a Solimán:

–¡Quiere que patalee! ¡Quiere ver lo que ocurre, oh Solimán-bin-Daúd! Tú sabes que no puedo hacerlo, y desde ahora no creerá ya ni una palabra de lo que yo diga. ¡Se reirá de mí hasta el fin de mis días!

–No, hermanita –dijo Solimán-bin-Daúd–, ya no volverá a burlarse de ti. –Y dio media vuelta a la sortija que llevaba en el dedo.

Sólo lo hizo para complacer a la pequeña Mariposa, no para hacer alarde de su poder. Y ¿sabes lo que ocurrió? Cuatro enormes Genios surgieron del suelo.

–Esclavos –dijo Solimán-bin-Daúd–, cuando este caballero que está posado en mi dedo –pues allí había ido a sentarse la descarada Mariposa–, cuando este caballero patalee con su pata delantera izquierda, haced que mi palacio y todos estos jardines desaparezcan entre un retumbar de truenos. Y, cuando vuelva a patalear, traedlos de nuevo con gran cuidado.

–Ahora, hermanita –prosiguió el rey–, vuelve junto a tu esposa y patalea cuanto quieras.

La Mariposa voló hacia su compañera, quien gritaba aún:

–¡Te reto a que lo hagas! ¡Te reto a que lo hagas! ¡Patalea en seguida! ¡Patalea!

Balkis vio inclinarse a los cuatro enormes Genios en los ángulos del jardín, con el palacio en medio, y batió palmas suavemente, diciendo:

–¡Por fin, Solimán-bin-Daúd hará por una Mariposa lo que hace ya mucho tiempo debiera haber hecho por su propio bien, y las Reinas pendencieras van a atemorizarse!

Entonces la Mariposa pataleó. Los Genios lanzaron el palacio y los jardines por el aire, a mil quilómetros de altura: retumbó el más espantoso trueno y todo se puso negro como el carbón. La compañera de la Mariposa revoloteaba en la oscuridad, gritando:

–¡Oh! ¡Ya me portaré bien! ¡Ojalá nada hubiese dicho! Vuelve a su sitio los jardines, esposo mío; ya no volveré a contradecirte.

La Mariposa estaba casi tan asustada como su compañera, y Solimán-bin-Daúd se rió de tan buena gana que transcurrieron varios minutos antes de que recobrase el aliento para murmurar:

–Vuelve a patalear, hermanita, devuélveme mi palacio, ¡oh el más insigne de los magos!

–Sí, devuélvele su palacio –dijo la compañera de la Mariposa, revoloteando aún en las sombras, como una falena–. Devuélvele su palacio, y cese ya esta magia espantosa.

–Bueno, querida –dijo la Mariposa, aparentando todo el valor que pudo–, ya ves a lo que conducen tus regaños. Por supuesto a mí lo ocurrido no me importa; estoy muy hecho a estos lances; pero, por ti y por Solimán-bin-Daúd, me dignaré poner de nuevo las cosas en su sitio.

Volvió, pues, a patalear, y en aquel mismo instante los Genios bajaron al suelo el palacio y los jardines, sin el más leve choque. Brillaba el sol en los naranjos de sombrío verdor; retozaban las fuentes entre los rosados lirios egipcios; los pájaros seguían cantando; y la compañera de la Mariposa yacía de costado bajo el alcanforero, agitando levemente las alas y murmurando, casi sin aliento:

–¡Oh! ¡Ya me portaré bien! ¡Ya me portaré bien!

Solimán-bin-Daúd se reía de tal modo que apenas podía hablar. Desfallecido y sacudido por el hipo, se apoyó en el tronco del árbol y amenazó con el dedo a la Mariposa, diciendo:

–¡Oh insigne hechicero! ¿De qué va a servirme que me devuelvas mi palacio, si al mismo tiempo me matas de risa?

Entonces se oyó un terrible alboroto, pues las novecientas noventa y nueve Reinas salieron todas del palacio, chillando y dando voces y llamando a sus hijitos. Bajaron precipitadamente por la anchurosa escalinata de mármol que estaba bajo el surtidor, en hileras de a cien, y la prudentísima Balkis les salió al encuentro con gran majestad, diciendo:

–¿Qué os turba, oh Reinas?

Se detuvieron en la escalinata de mármol, en filas de a cien, y gritaron:

–*¿Qué nos turba?* Vivíamos pacíficamente en nuestro Palacio de Oro, como de costumbre, cuando, de pronto, el palacio desapareció, y nos vimos sentadas en una niebla densa y retumbante. ¡Y tronaba, y los Genios y Espíritus se agitaban en la oscuridad! *He aquí* lo que nos turba, ¡oh la primera entre las Reinas!, y nos sentimos en extremo conturbadas a causa de tal trastorno, pues es un trastorno de veras turbador, como no conocimos otro en nuestras vidas.

Entonces Balkis, la hermosísima Reina, la predilecta de Solimán-bin-Daúd, la Reina de Saba y de Sabí y de los Ríos de Oro del Mediodía –que alcanzan desde el Desierto de Zinn hasta las Torres de Zimbabuí–, Balkis, que era casi tan prudente como el prudentísimo Solimán-bin-Daúd, habló de este modo:

–No es nada, ¡oh Reinas! El marido de una Mariposa se ha quejado de su compañera, por estar peleándose con él, y nuestro Señor Solimán-bin-Daúd se ha dignado darle una lección de mansedumbre y humildad, que se consideran como virtudes entre las compañeras de las Mariposas.

Se irguió entonces la Reina de Egipto, hija de un Faraón, y dijo así:

–Nuestro palacio no puede ser arrancado de raíz como un puerro, sólo por complacer a un insecto chiquito. ¡No! Será que ha muerto Solimán-bin-Daúd, y lo que hemos oído era el tronar y oscurecerse de la tierra al conocer la desgracia.

Entonces Balkis hizo señal a la osada Reina, aunque sin mirarla, y le dijo, así como a todas las demás:

–Venid y lo veréis.

Bajaron por la escalinata de mármol, en filas de a cien, y bajo el alcanforero vieron al prudentísimo Solimán-bin-Daúd, desfallecido aún de tanto reír, balanceándose con una Mariposa en cada mano y diciendo:

–¡Oh esposa de mi hermano, el que va por los aires! Después de lo ocurrido, acuérdate de complacer en todo a tu esposo, para no obligarle a patalear, pues ha dicho que está muy hecho a estos lances de Magia y es, sin duda, un mago poderoso e insigne... capaz de llevarse el propio palacio de Solimán-bin-Daúd. ¡Y ahora, id en paz, pequeñuelas!

Las besó a ambas en las alas y se fueron volando.

Entonces todas las Reinas, salvo Balkis (Balkis, la hermosísima, la espléndida, que permanecía a un lado, sonriendo), se postraron, con el rostro en tierra, y decían:

–Si acaecen tales cosas cuando una Mariposa se disgusta con su compañera, ¿qué nos sucederá a nosotras, que hemos ofendido al Rey con nuestra altanería y nuestras querellas durante tanto tiempo?

Se cubrieron luego la cabeza con el velo, se llevaron la mano a los labios y regresaron de puntillas a palacio, más calladas que un ratón.

Entonces Balkis, la hermosísima y excelente Balkis, avanzó entre las cannas rojas hasta la sombra del alcanfo-

rero y puso la mano en el hombro de Solimán-bin-Daúd, diciendo:

–Alégrate, ¡oh Señor y Tesoro mío!, pues hemos dado una grande y memorable lección a las Reinas de Egipto y de Etiopía, de Abisinia y de Persia, de la India y la China.

Y Solimán-bin-Daúd, contemplando aún a las Mariposas, que retozaban al sol, dijo así:

–¡Oh Señora mía y Gema de mi Ventura! ¿Cuándo ha ocurrido eso? Nada he hecho sino chancearme con una Mariposa desde que entré en el jardín. –Y contó a Balkis lo que había hecho.

Balkis, la lindísima Balkis, dijo entonces:

–¡Oh mi Dueño y Guía de mi Existencia! Me oculté tras el alcanforero y todo lo vi. Fui yo quien pidió a la compañera de la Mariposa que hiciese patalear a su marido, pues confiaba en que, por pura chanza, haría mi Dueño algún poderoso encantamiento, y que lo verían las Reinas y se atemorizarían. –Y le contó lo que las Reinas habían dicho, visto y pensado.

Entonces Solimán-bin-Daúd, levantándose bajo la sombra del alcanforero, abrió los brazos y se alegró diciendo:

–¡Oh mi Señora y Dulzura de mis Días! Has de saber que, si hubiese hecho un hechizo contra mis Reinas por simple orgullo o enojo, como aquel festín que dispuse para las bestias, seguramente no hubiera cosechado sino vergüenza. Pero, gracias a tu sabiduría, hice el hechizo sólo por pura chanza y para complacer a una Mariposa y, ¡mira!, me he librado también de la irritación de mis molestísimas esposas. Dime, pues, ¡oh Señora de mi Corazón!, ¿cómo has logrado poseer tal prudencia?

Y la Reina Balkis, hermosa y esbelta, miró a los ojos a Solimán-bin-Daúd y ladeó un poquitín la cabeza, como la Mariposa, diciendo:

–Primero, ¡oh mi Señor!, por el amor que te tengo, y luego, ¡oh mi Señor!, porque conozco muy bien a las mujeres.

Entonces subieron al palacio y vivieron ya siempre con gran ventura.

Pero ¿verdad que Balkis fue lista?

Como Balkis no ha habido otra reina
en el mundo, y jamás la habrá,
aunque hablara con las mariposas
con toda naturalidad.

Como Salomón no ha habido otro,
nunca ha habido un rey parejo,
aunque hablara con las mariposas
y hasta les ofreciera consejo.

Balkis era la Reina de Saba,
Salomón era Señor de Israel,
aunque hablaran con las mariposas
mientras paseaban por un vergel.